グレタ　たったひとりのストライキ

SCENER UR HJÄRTAT

by Beata & Malena Ernman, Greta & Svante Thunberg

SKOLSTREJK
FÖR
KLIMAT

この本は、夫のスヴァンテと私、それにふたりの娘たち（グレタと妹のベアタ）と一緒に書きあげた。

ここには私たち家族のことと、人類に迫っている危機――気候変動のことが書かれている。

大多数の人々は、「この危機は、自分とは遠く離れたところで進行している」とか「まだずっと先でなければ、私たちを襲ってくることはないだろう」と考えているようだ。

でも、それは事実ではない。

危機はすでにもうそこにあって、さまざまな形で、私たちの身近に影響を与えはじめている。

もっとソフトに書いたほうがいいかもしれないと、ずいぶんためらった。

そのほうが、より気持ちよく理解してもらえるのではないか、と。

でも、もう時間がない。だから、いますぐに、この危機を目に見えるように、本当のことを率直に書いた。

娘のグレタがスウェーデン国会議事堂前に座りこみ、「気候のための学校ストライキ」を始めたのは、本書の初版が出る直前の２０１８年８月だった。そのストライキがいまでは、スウェーデンだけでなく、世界各地で進行している。

この本を書いたあと、とても、とても多くのことが変わった。グレタも、私たち家族も。まるで夢の中の出来事のように思えるときもあった。

この増補版では、２０１８年８月以降の、グレタの学校ストライキ初期の話にもふれている。

２０１９年５月　マレーナ・エルンマン

＊もし本書でお金を得ることができたら、グレタとベアタが決めたとおり、私たちが設立した財団を通じて、すべてを以下の団体に寄付する。グリーンピース、世界自然保護基金（ＷＷＦ）、動物と学ぼう、野原の生物学者、キング・オブ・ライフ、自然保護協会、助けが必要な子どもたち、動物愛護協会。

I 家族の話

その日は苦悶していた。
太陽は７時に死ぬ。
暗闇の達人よ、教えてくれ、
これから私たちを照らすのは誰なのか。
西洋の逆光を灯すのは誰なのか。
東洋の夢を見るのは誰なのか。
ランタンを持つ者はすべて集まれ。
ほかでもない、君こそ。

——「哀歌」ヴェルネル・アスペンストレム
（スウェーデンの詩人）

左より、母マレーナ、妹ベアタ、グレタ、父スヴァンテ（2005年）

すべての発端

グレタを襲ったものは、病気のせいにすることも、「変わった子だから」で片づけることもできない。それは、彼女のまわりで起こっていたことが、ついに彼女の理解を超えてしまったのが原因だった。

すべては、グレタが授業で世界中の海に浮遊する大量のごみに関する映画を観たことから始まった。南太平洋では浮遊プラスチックごみが集まり、その面積がメキシコよりも大きい〝島〟をつくっている。その映画のあいだじゅう、グレタは泣きつづけた。クラスメートたちも動揺していたが、それは教師が「今週末に結婚式を挙げるの、ニューヨーク郊外のコネチカットで」と言うまでだった。

「ええー、うらやましい！」と生徒たちは口にし、チリの海岸沖のごみのことは、もう忘れられた。ニューヨークに行ったことのある子どもたちは、毛皮付きのダウンジャケットから新しいアイフォンを取りだし、ニューヨークには名店がそろっていると絶賛した。別の子たちは言った。「いや、ショッピングならバルセロナだって素晴らしいよ」「でも、タイに行けば物価が安いんだ」「今度のイースター休暇は、ママと一緒にベトナム旅行だ」……。そんな会話に、グレタは加われなかった。

ランチはハンバーガーだったが、彼女は食べられなかった。暑く混みあっている学校食堂。あまりのうるささに鼓膜が破れそうだった。突然、皿の上の油ぎった肉の塊が、食べ物ではなくなった。それは、かつては感情も意識も魂もあった動物の肉を挽いたもの。彼女の網膜には、あのごみの島が焼きついていた。

グレタは泣きはじめた。家に帰りたかったが、学校食堂で動物の死体を食べ、ブランドの服や化粧品、携帯電話の話をするのが嫌だというのは、帰宅の理由にならなかった。食べ物が盛られた皿を受け取り、まずすぎると文句を言って食べ物をつつきまわし、ごみ箱に捨てることなら許されるのに。

グレタはいくら努力しても、ほかのみんなにとっては簡単な方程式、ふつうの生活への入場券となる方程式を解くことができない。

なぜなら彼女には、私たちほかの人間が見ようとしないものが見えるからだ。

彼女の眼には、私たちが排出した二酸化炭素が見える。工場の煙突からたちのぼる温室効果ガスが風に吹かれ、大気中に大量の灰塵をまき散らしているのが見える。

私たちはみんな裸の王様。そしてグレタは、それを指摘する子どもだ。

最初の発作

秋も深まってきた2014年9月、3週目の末。私は仕事でアルティペラーグ〔訳注：ストックホルムにある総合芸術会館〕に行くことになっていた。でも今、大事なのは菓子パンを焼くこと。4人のために、家族全員のために菓子パンを焼く。これはきっとうまくいくはずだ。かつてのように、のんびりリラックスしてパンを焼く。そうすれば、以前のようにグレタは食べられるはずだ。そうすれば、なにもかもうまくゆき、問題は解決されるはずだ。だから私たちは人類史上最高にポジティブで幸せな菓子パン・パーティを開こうと、みんなでパンを焼き、キッチンのまわりで踊った。

だが、菓子パンができあがったとき、そのパーティは唐突に終わった。グレタはパンをひとつつかむと、においを嗅いだ。そして、それを手にして椅子に座り、口を開けようとしたが、うまくいかなかった。無理だということは、私たちにもわかった。

「お願いだから、それを食べて」。私とスヴァンテが口をそろえて言った。

最初は落ち着いて。それから、少しきつく。ついに、たまっていたフラストレーションと無力感が爆発した。不安と絶望が頂点に達した私たちは、いつしか叫んでいた。

「だから食べるのよ！　食べなきゃダメ！　わからないの！　食べなさい。でないと死んじゃうのよ！」

そして、グレタに最初の発作が起こった。彼女が発した声は、それまで聞いたことのないものだった。悪魔のようなうなり声が40分も続いた。そんな叫び声は、彼女が乳児だったときにしか、聞いたことがない。私は彼女を胸に抱いた。その隣に飼い犬のゴールデンレトリーバー、モーセスが伏せて、濡れた鼻を彼女の頭に押しつけた。床には菓子パンの山があった。

1時間ほどすると、グレタは落ち着いた。もう菓子パンは食べなくていいし、なにも気にしなくていい、と私たちは言った。「そのうち、きっとよくなるから」

オペラ公演に向かう時刻になった。今日はマチネ［訳注：昼講演］。家族全員でアルティペラーグに向かう途中、車の中でグレタが尋ねた。

「私、治るのかな？」

「もちろん、治るわよ」と私は答えた。

「それはいつ？」

「わからないけど、きっと、すぐよ」

車が壮麗な建物の外に停まった。

私はバックステージに入り、発声練習をはじめた。

「助けるのは当たり前」の家で育って

私が育ったのは、サンドヴィーケン［訳注：スウェーデン中北部にある人口約4万人の市］のタウンハウスだ。母は教会の執事、父は工作機械メーカーのサンドビックで財務を担当していた。私は長女で3歳年下の妹ヴェンデラと11歳年下の弟カール＝ヨハンがいる。弟の名前は、オペラ歌手のルーア・ファルクマンをすごくハンサムだと思った母親がつけた［訳注：ファルクマンの本名がカール＝ヨハン］。

うちはオペラやクラシック音楽とは無縁だったが、全員、歌うのが大好きだった。みんな、おおいに歌った。アバにジョン・デンバーにフォークミュージック。スウェーデンの小都市に住むごくふつうの家族だったと思う。たったひとつ違いがあるとすれば、両親が立場の弱い人たちをすすんで支援していたことだ。

困っている人がいれば助けるのは当たり前のことだった。ヒューマニズムは、母方の祖父がその父親エッベ・アルヴィドソンから受け継いだもので、いわば伝統だった。祖父はエキュメニズム（キリスト教統一運動）や現代的な海外支援事業のパイオニアとして、スウェーデン教会でおおいに尊敬を集めていた。だから、私が育った家には、いつも難民申請者や不法移民が住んでいた。

面倒なこともあったが、うまくやっていた。

出かけるといえば、行き先はたいてい母の親友の尼僧（にそう）のいる修道院だった。イングランド北部にあるその修道院で、何回か夏を過ごしたこともある。

でも、それ以外は、私たちは本当にふつうの家族だった。

私はいつでも歌っていた。

難しい歌ほど楽しかった。

私がオペラ歌手になったのは、オペラが歌うのにもっとも難しく、楽しいものだからだ。

スヴァンテと私について

私は6歳のときから舞台に立ち、観客の前で歌ってきた。聖歌隊、ボーカル・グループ、ジャズバンド、ミュージカル、オペラ。歌に対する私の愛は無限大で、ひとつのジャンルや組織に縛(しば)られたくなかった。いまでも、私はジャンルにとらわれず、いろんな歌に挑戦したい。よい音楽であるかぎり、どんな歌でも歌いたい。

この15年間ずっと、私は芸術の質を高め、観客の幅を広げるよう努めてきた。難解なことはできるだけ易(やさ)しく、上位文化(ハイ・カルチャー)はできるだけ親しみやすく。でも、その努力は常に主流に反していて、ほとんどいつも独りだった。もちろん、スヴァンテが現われるまでは、だけど。

「自分の才能を伸ばす可能性を持つ者は、それを試みる義務がある」というのが、私の信念だ。スヴァンテと私は、それにトライしつづけた。

私たちはどちらも文化労働者(カルチャー・ワーカー)だ。オペラ、音楽、演劇に関する専門教育を受け、プロとしての年月の多くをフリーランスや劇場関係者として過ごした。カルチャー・ワーカーとして最終的に目指すべきものは、新しい観客を見つけることだ。

私たちは来た道こそ違ったけれど、最初からずっと同じゴールに向かってきた。

私が最初の子どもグレタを身ごもったとき、役者のスヴァンテはスウェーデンのエストヨータ劇場、国立劇場、オリオン劇場をかけもちして飛びまわっていた。私もヨーロッパ各地のオペラハウスと数年単位の契約を結んでいた。1000キロ離れた私たちは、新たな生活をどう築いていくかについて、何度も電話で話し合った。

「君は世界トップクラスだよ」とスヴァンテは言った。「少なくとも10の新聞雑誌がそう書いている。僕なんか、スウェーデンの劇場でベーシストでもやっているほうが似合うタイプだ。それに、君のほうがずっと稼いでいるし」

私が稼ぐという案には少しばかり抵抗したが、結局は同意した。スヴァンテは最後の公演が終わると飛行機に乗り、私が滞在しているベルリンにやってきた。半年ぶりの再会だった。

翌日、スヴァンテの携帯電話が鳴った。フリードリヒ通りに面したバルコニーで、彼は数分間電話で話した。季節は5月の終わりだったが、すでに夏の暑さが押し寄せていた。

「あーあ、やれやれ」。彼は笑いながら電話を切った。

「誰からだったの？」

「俳優のエリク・ハーグともうひとりの男。オリオン劇場で、先週、僕の芝居を観たらしい」

スヴァンテが出演していた作品は『トレインスポッティング』の作家、アーヴィン・ウェルシュの戯曲で、共演者はヘレーナ・アヴ・サンデバリ。全員が薬物依存症で、みんなで死体をラップで巻く設定だった。

「エリクたちはスウェーデン・ラジオでユーモア番組を始めるらしい。で、僕はなかなか楽しそうな人物だから、ためしにその番組に出ないかって言うんだ。まさに〝待ってました〟って申し出だよね……」

「で、なんて答えたの？　出なきゃいけないの？」。私は目を見開いて彼を見た。

「僕が答えたのは、いまは妊娠中の恋人のそばにいるってことと、彼女は海外で仕事をしているってことだ」。スヴァンテは私を見つづけた。

「つまり、断ったの？」

「そうさ。それしかないだろう。僕たちはここで一緒にいるべきだ。じゃないと、何もかもうまくいかなくなってしまう」

彼は、それを実行した。

数週間後、私たちはベルリン国立劇場で『ドン・ジョヴァンニ』の初日を鑑賞した。スヴァンテはバレンボイム（指揮者）やチェチーリア・バルトリ（歌手）に、自分はいま、主夫をしているのだと語った。

その状態が12年続いた。苦労もしたが、それ以上に喜びが多い日々だった。私たちは、ある都市に2ヵ月住むと、すぐに別の都市に移った。ベルリン、パリ、ウィーン、アムステルダム、バルセロナ。その繰り返し。夏はグラインドボーンやザルツブルク、エクサン・プロヴァンスで過ごした。オペラを歌ったりクラシック音楽が得意な人たちがするように。

週に20～30時間はリハーサルに費やしたが、残りの時間は家族と過ごした。ほかには義母のモナだけ。友人もいない。ディナーもパーティもない。私たちだけ。

グレタが生まれた3年後にはベアタが誕生した。ドールハウス、テディベア、三輪車を収納するために、私たちはステーションワゴンのボルボV70を購入した。そして旅まわりを再開した。うっとりするような数年間だった。冬は、20世紀初頭に建てられた明るく美しいアパートメントの床に座り、娘たちと遊んだ。春が来ると、新緑の公園を家族で歩いた。

私たちの日常は、ほかの家族とは違っていた。

私たちの日常は、あまりにも素晴らしかった。

オペラの夢を捨てて

「メロディーフェスティバルに参戦するのは、子どもを産むようなものだ。他人に話すことも、詳しく説明することもできるが、体験したことのない人には、実際のところはわからない」

音楽プロデューサーのアンデシュ・ハンソンは、スヴァンテと私にそう言って笑った。メロディーフェスティバルとは、ユーロビジョン・ソング・コンテスト〔訳注：1956年に始まったヨーロッパ各国代表が競うポップソングコンテスト。優勝国がその翌年のホスト国になる。1974年にアバが優勝し世界へ進出するきっかけとなったこともあり、スウェーデンでは人気が高い〕のスウェーデン代表を決める国内予選だ。コンテストは約5週間続き、その模様は全国にテレビ放映される。私はポピュラーソング界に打って出た。そのコンテストに出場したのだ。そして優勝した。

翌日、私とペトラ・メーデ〔訳注：当時のメロディーフェスティバルの司会者〕、それにサラ・ドーン・ファイナー〔訳注：マレーナとメロディーフェスティバルの優勝を競った歌手〕の大きな写真がタブロイド紙アフトンブラーデットの一面を飾った。キャプションには「マルメ・アリーナ。21時23分」とあった。写真の私は、信じられないという顔をしている。

メロディーフェスティバルは、私たちにまたとないチャンスを与えてくれた。観客が押し寄せた。文化大臣も「マレーナ効果」を口にした。どう考えても二度と起こりえない現象だった。大衆紙エクスプレッセンは「オペラがサロンから大衆の元に帰ってこようとしている」と書いた。日刊紙ダーゲンス・ニューヘーテルの文化部長は「できすぎた話。だが、これは事実なのだ」と述べた。

ついにオペラを大衆化できる、私はそう確信した。

でも、秋の訪れとともに、すべてが以前に戻った。

国内のオペラ劇場はどこも連絡をよこさず、このチャンスを活かそうとしなかった。観客はそこにいるというのに、それを手に入れたいと思わないらしかった。

しかたない――だったら自分たちでやるしかない。外国ではオペラを演じ、国内ではポップアーティストになった。自力でコンサート、ツアー、公演をプロデュースした。それもこれも、新しい観客を獲得し、客層を広げるためだった。

だけど、『セルセ』［訳注：ヘンデル作曲のオペラ］の千秋楽を2週間後に控えたある夜、スヴァンテと私は、ストックホルムの自宅バスルームの床に座りこんでいた。夜は更け、子どもたちは眠っていた。

私たちの周囲で、なにもかもが崩れはじめていた。この街区全体がいまにも崩壊し、クララ湖に沈んでしまいそうだった。

5年生になったばかりのグレタの調子はすぐれなかった。毎晩、寝つくまで泣いた。登校しながら泣いた。授業中でも休み時間でも泣きとおし、教師たちはほぼ毎日、電話をかけてきた。そのたびにスヴァンテは学校に駆けつけ、娘を連れて帰った。

モーセスが唯一の救いだった。グレタは何時間もモーセスのそばに座り、なでたり、ぽんぽんと叩(たた)いたりした。私たちはやれることはすべてやったが、無駄だった。グレタは暗闇の中に隠れ、あらゆる意欲を失った。ピアノを弾かなくなった。笑わなくなった。話さなくなった。

そして、食べなくなった。


硬いモザイクの床に座った私たちは、どうすべきかわかっていた。やれることはなんでもやるしかない。どんな犠牲を払ってでも、私たちはグレタを暗闇から連れ戻さなくてはならない。そのためには、これまでしてきたことも変えなくてはならない。

「君の気持ちはどうなんだい?」。スヴァンテが聞いてきた。「まだ続けたい?」

「いいえ」

「オーケー。じゃあ、もうやめよう」と彼は言った。「どのオペラ劇場もオペラを大衆化したくないって言うんだから、どだい無理だよな。新しい観客がそこにいるってのに、べつに欲しくないっていうんだったら、どんなに働きかけても無駄ってことだ」

「あなたの言うとおり。私はもう覚悟ができてる」

「ヴェルムデー島の森の中にあって、いちばん近いバス停からでも3キロ離れている芸術会館［訳注：アルティペラーグのこと］に2万人の観客を呼んでも十分じゃないって言うんだから。しかも、民間スポンサーや公的補助から一銭ももらってないのに。これが十分でないっていうんなら、十分なものなんて何もないよな」

彼の言うことにうなずくしかなかった。

「私たち、かなりのことをしてきたわ」

「じゃあ、契約はすべてキャンセルしよう」とスヴァンテは続けた。「マドリード、チューリッヒ、ウィーン、ブリュッセル、全部だ。何かのせいにする代わりに、新しいことをしよう。コンサート、ミュージカル、演劇、テレビ出演。オペラ曲でもミュージカル曲でも歌うけど、公演はなしだ」

「私のオペラ最終公演は2週間前。あれで終わり」

「これって、愚かなことかな？」

「ええ、たぶん」

ふたりとも言葉がなかった。

子ども病院で

どんなにつらいときでも、ステージに立つと私の気分は晴れた。そこは私の聖域だった。だが『セルセ』の公演中、どういうわけだかその聖域は消えてしまい、私の心は真っ暗だった。もう舞台に立ちたくなかった。そこにいたくなかった。家で子どもたちと一緒に過ごしたかった。忌々(いまいま)しいアルティペラーグなんぞにいたくなかった。

なによりも、グレタの質問に答えられるようになりたかった。

「私はいつ治るの？」

それなのに、私には答えられない。その病気がなんなのかを突きとめてからでないと、誰もその問いに答えられない。

すべてが始まったのは秋学期のことだった。その2、3週間前から、私たちは何かがおかしいと気づきはじめていた。地域診療所でグレタの検査を受けた数日後、若い医師から電話がかかってきた。

検査結果は良好ではありません、と医師は言い、精密検査を受けるためにアストリッド・リンドグレーン子ども病院に行くように勧めた。

「予約する必要があるんでしょうか？」とスヴァンテが尋ねた。

「いいえ」と医師。「いますぐ行ってください」

15分後、私たちは学校へ行ってグレタを引き取り、アストリッド・リンドグレーン子ども病院の急患部へと向かった。グレタが検査を受けているあいだ、不安と緊張が増すのを感じながら、私たちは待った。おばあちゃんに電話し、ベアタを学校に迎えに行くよう頼んだ。

数時間後、新しい医師が現われ、いくつかの数値に異常があるが、原因はわからないと告げた。スヴァンテが床にしゃがみこんだ。その後の数時間、私たちの気分は急降下を続けた。

〝地獄への扉〟が開きはじめた。私たちは診察室をうろうろと歩きまわった。大勢の人たちがかつてそうしたように、そしてこれからもそうするように。

その前に私たちは、ラップに包まれたバゲットサンドを一本買っていた。それをドア近くの丸椅子に置いた。私は床に座り、グレタを膝(ひざ)に乗せ、楽しい話をしようとした。

それからの数年間、私たちは何度もこのときのことを思い出した。スヴァンテの記憶にあるのは、廊下で自分の膝が崩れてしまった様子。私が覚えているのは、小さな診察室に座る私たちや、私たちを取り巻いていた重く際限のない暗闇のこと。でも、わずかなことしか覚えていない。きっと、記憶しないようにしたからだ。もはや、それ以上のことを考えるエネルギーはなかった。

また別の医師が入ってきた。彼女はラップに包まれたバゲットを丸椅子からどけると、そこに腰かけた。そして、こう言った。「検査内容を慎重にチェックしましたが、問題はないようです。異常を示す兆候は認められませんでした」。私たちは胸をなでおろし、幸運に感謝しながら帰宅した。

その日の夜の舞台はつらかった。だが病院にはほかにもいくつもの診察室があり、〝地獄の扉〟の前には私たちと同じような悩みを抱えた家族が何組もいた。私たちはその日のうちに帰宅できたのだから、舞台がつらいというのは、控えめに言っても贅沢(ぜいたく)な話だった。

数日後、子ども病院から電話があった。医師は、児童・思春期精神科クリニックに行くことを勧めてきた。グレタが食欲を失いはじめたのは深刻な問題だが、それと検査結果にはなんの因果関係も認められないと言う。

「思春期が始まったばかりの女の子が問題を抱えるとき」と女医は言った。「原因は内科ではなく、心理的なものであることが多いんです」

アスペルガー症候群

体のほうが頭より賢いときもある。ほかにどうしようもないとき、私たちは体を使って何かを伝えようとする。感情を表現する力がなく、言葉も見つからないときは、体を語り手にする。食べることをやめるのもそのひとつだ。そこには多くの意味がある。

問題は、その意味がなんなのか、なぜそれが起こるのかである。

病院で診察結果を待つあいだに、バゲットサンドを食べるなんてとてもできない。グレタの場合は常にこの状態なのだろう。それに気づいた私たちは、胸を痛めた。

スヴァンテと私は、答えを探しつづけた。拒食症、自閉症、摂食障がいに関する情報をネットで集め、夜な夜な読みふけった。グレタは拒食症ではないと確信していたが、聞くところによると、拒食症はかなり悪賢い病気で、発見されないためにはどんなことでもするという。だから、私たちは決めつけないようにした。

人生はカオスだ。どうしてこんなにも理屈に合わないことばかり起こるのだろう。

ＨＳＰ（過敏すぎる人）、グルテンアレルギー、尿路感染症、強迫症などを引き起こすＰＡＮ

DAS（小児自己免疫性溶連菌関連性精神神経障がい）や神経精神医学の診断なども読みあさった。そしてオペラを演じるとき以外、私は朝から晩までひたすら電話をかけつづけた。そのあいだスヴァンテは、グレタとベアタがいつもどおり過ごせるよう気を配った。

電話先は児童・思春期精神科クリニック、医療情報機関、医師、心理カウンセラー。それだけではない。少しでも知識がありそうな人、アドバイスしてくれそうな人なら、わずかなつながりしかなくても片っ端から電話をかけた。終わることのない通話が続いた。「私の知人の知人のそのまた知人がね……」

睡眠不足が続いた。食欲もなくなり、食べることすら忘れた。それでも、アドレナリンが私をしゃきっとさせたせいで、何時間でも耐えられた。

友人の知人レーナは精神科医で、多くの時間を割いてくれた。私の話を聞き、アドバイスをくれ、さらにはクングスホルメン児童・思春期精神科クリニックでしばらくのあいだ、診察してくれた。

グレタの学校にも、自閉症に関する経験豊富な心理カウンセラーがいた。もちろん慎重な検査は必要だが、彼女の見るところ、グレタには自閉症スペクトラムに当てはまる明らかな兆候があるという。

「アスペルガー症候群です」とそのカウンセラーは言った。

彼女の説明を理解するには、相当の努力が必要だった。彼女の言葉には揺るぎない説得力があったが、自分たちの娘と自閉症やアスペルガー症候群を重ね合わせるのは、おそろしく難しかった。知り合いに自閉症の話を持ちだしても、「なんのこと？」という返事が返ってくるばかりだった。

自閉症やアスペルガーには、典型的なイメージがない。この心理カウンセラーがどうかしているのだろうか、それとも私たちが常識の壁に真実をはばまれているのだろうか……。

それからというもの、児童・思春期精神科クリニックからストックホルム摂食障がいセンターまで、いろいろなところで何回も面談をした。私たちはこれまでの説明を繰り返し、何をすべきかについて相談した。そのあいだ、グレタは黙って座っていた。このころには、私とスヴァンテとベアタ以外、誰とも話さないようになっていた。

面談の参加者は6人になることもあった。誰もが手助けしたい、手助けできると言ってくれたが、具体的支援はまったくなかった。私たちは暗闇の中を手探りで歩いた。

2ヵ月もまともな食事をしなかったグレタの体重は、10キロほど減ってしまった。もともと小柄だったので大打撃だ。体温も低く、脈拍と血圧は餓死の兆候を示していた。もはや階段もあがれなくなっていた。うつ病の罹患（りかん）テストでは、高い数値をはじきだした。

ついに、「入院することも考えなくちゃね」とグレタに言った。栄養を食事からとることができないのなら、点滴を受けるしかないのよ、と。

ニョッキ5個に2時間10分

朝食：バナナ3分の1。所要時間：53分。

壁に貼ったA3の紙に、私たちはグレタが食べたものと、食事にかかった時間を記していった。多くはないし、早くもない。でも、ストックホルム摂食障がいセンターの急患部の人は、長い目で見るとこのやり方が役に立つのだと言った。「こうしておけば、いま食べられるものだけでなく、あとで食べられるものや、食べたくなるものがわかるようになるかもしれませんよ。だから食事ごとに記録してくださいね」

だが、そのリストは短かった。

ライス、アボカド、ニョッキ。

11月8日火曜日、私たちはこの世と奈落の底のあいだにいた。学校はあと5分で始まるが、グレタは今日、いや今週、まったく通学できそうになかった。

昨日、スヴァンテと私はまた学校からメールを受け取った。グレタの欠席を「心配」しているという。校長たちにはすでに、現状を説明する手紙が主治医やスクールカウンセラーから届いているにもかかわらず。

私が再度、いまの状況を学校当局に説明すると、すぐに返事がきた。そこには、グレタが来週の月曜日にはいつもどおり登校することを願っている、そうすれば私たちはこの問題をなんとかできるだろう、とあった。だが、グレタは月曜日になっても登校できないだろう。もう2ヵ月前から、食べるのをやめてしまっているのだから。

私たちは、DVDでアメリカのテレビドラマ『ワンス・アポン・ア・タイム』を観ながら、ソファでランチを食べた。このドラマは何シーズンもあり、しかも各シーズンの長さは半年分ある。これを利用しない手はない。私たちの食事には、膨大(ぼうだい)な時間がかかったから。

スヴァンテがニョッキをゆでた。完璧にちょうどいい硬さにすることが重要だった。そうでないと、グレタは食べられない。

私たちはそのいくつかをお皿の上に置いた。このバランスも重要だ。数が多すぎるとまったく食べない。かといって少なすぎると食べてもあまり足しにならない。どのみちちょっとしか食べられないとはいえ、小さなひと口も貴重な栄養だ。

グレタが座り、ニョッキを並べはじめた。ひとつずつ裏返し、フォークを押しつける。それをはじめから繰り返す。20分後、ようやく食べはじめた。なめたり嗅いだりしながら、ちょっとずつ、本当にちょっとずつ噛んでいく。しかもゆっくりと。

番組の1エピソードが終わった。30分経過。次のエピソードを再生した。ニョッキひとつにかかる時間と、1エピソードあたりの咀嚼(そしゃく)数も記録できそうだったが、私たちは何も言わなかった。

「もうお腹いっぱい」。不意にグレタが言った。「これ以上は食べられない」

スヴァンテと私は顔を見合わせなかった。イライラしてはいけない。それしか有効な手だてがないことを、私たちは理解しはじめていた。

すでにそれまでに、あらゆるテクニックを試していた。厳しく命じたこともあった。大声を出したことも、笑ったことも、脅したことも、祈ったことも、お願いしたことも、泣いたことも、ご褒美をエサに釣ろうとしたこともあった。思いつくかぎりのことはやってみた。だがいまは、これが最善の方法のようだった。

スヴァンテが壁に近づき、こう書いた。

ランチ：ニョッキ5個。所要時間：2時間10分。

才能があるのに繊細すぎる少女

11月の中ごろ、ストックホルム摂食障がいセンターから3人が参加して、児童・思春期精神科クリニックでの面談が行なわれた。

いつものように、グレタは黙って座っていた。いつものように、私は泣いていた。

「もしこの週末に何も変化が起こらなければ、入院してもらいます」と医師は言った。

グレタは、下の階にある建物入口に向かう階段に、顔を向けた。

「私、また食べられるようになりたい」

「家に帰ったら、バナナがあるよ」とスヴァンテが言った。

「ううん。また、ふつうに食べられるようになりたいの」

3人で泣いた。家へ帰ると、グレタは青リンゴを1個食べたが、それ以上は無理だった。グレタがまたふつうに食べられるようになるなんて、このときはまったく思えなかった。

グレタは悲しそうにしていた。でも、パニック発作は起こさなかった。彼女は治したいと決意し、私たちは試行錯誤を続けた。そしてようやく、藪（やぶ）の中に細い小道を見つけた私たちは、それをたどった。おっかなびっくりの足どりだったが、たしかに前進していた。

まちがいない。そろそろと前に進んでいる。

ライスもアボカドもカルシウム剤もバナナもある。それから時間も。

私たちは時間をかけることにした。無限の時間を。


スヴァンテは家にいて、かたときも子どもたちのそばを離れなかった。私たちはオーディオブックを聴き、ジグソーパズルで遊び、宿題をし、壁に貼った紙に毎食ごとの記録をした。

ベアタは学校から戻ると、すぐ自室にこもった。私たちには、彼女の世話がほとんどできないでいた。彼女は私たちの不安を察し、私たちを避けた。

グレタとスヴァンテと私は『海の島――ステフィとネッリの物語』(新宿書房)、『80日間世界一周』、そして『幸せなひとりぼっち』(ハヤカワ文庫)を読んだ。

ヴィルヘルム・ムーベリの「海外移民」シリーズ全作にストリンドベリ〔訳注:ともにスウェーデンの作家〕。セルマ・ラーゲルレーヴ〔訳注:スウェーデンの作家。『ニルスのふしぎな旅』著者〕、マーク・トウェイン、エミリー・ブロンテ、それからパール・アンデシュ・フォーゲルストレム〔訳注:スウェーデンの作家〕の「街」シリーズ。

バナナ1本に25分。アボカド1個とライス25グラムに30分……。

窓の外では、木々が最後の葉を落としている。私たちは、長い長い道のりを戻りはじめた。

その後の2ヵ月、体重の低下がストップした。それればかりか、本当にゆっくりだが、体重が増えはじめた。食べられるもののリストに、サーモンとポテトパンケーキが加わった。摂食障がいセンターには素晴らしい医者がいて、体重と脈拍を記録し、何時間もかけて栄養素と体について教育的な説明をしてくれた。また、抗うつ剤セルトラリンも処方してくれた。

グレタは聡明（そうめい）だ。たとえば映像記憶ができ、世界中の首都の名前をスラスラ言える。国だけでなく、領土の最大都市も。私が「ケルゲレン諸島」［訳注：南インド洋にあるフランス領］と尋ねると、彼女は「ポルトーフランセ」と答える。

「スリランカ」

「スリジャヤワルダナプラコッテ」

私が「逆さに読むと？」と言うと、それもすらすら答える。頭の中で、単語の終わりから読むのだ。「あの子は僕の改良版」とスヴァンテはよく言った。35年前、子どもだったスヴァンテは、飛行機の時刻表を集め、それらをそらで覚えることに熱中したという。グレタは1分で周期表を暗記し、そらんじることができる。彼女を悩ませたのは、発音のわからない元素があることだった。

グレタの先生は、空き時間に勉強を教えてくれた。週に2時間、図書室で、休憩時間や授業の合間にこっそりと。グレタには5年生の全教科を学ぶのにその時間だけで十分だったとはいえ、この先生なしでは無理だっただろう。

「私はこれまで、才能があるのに繊細すぎる少女が精神的に壊れてしまう例を、たくさん見てきました。もうたくさんです」と先生は言った。「私のほうが限界なんです」

24時間休みのない闘いが数ヵ月続いた末、私たちはすべてを自分たちでやらざるをえないと悟っていた。同じような結論に達した家族は、ほかにもたくさんいるだろう。制度の枠内で援助を受けられる人もいるにはいたが、ごく少数だった。

私たちは三つの機関のはざまにいて、起きている時間のほとんどを面談に費やしたが、「そういうことができるかもしれませんね、あとで」と言われるばかりだった。

本来なら予防を目的として、精神疾患（しっかん）やさまざまな診断名を市民に教育・広報するための社会体制があってしかるべきなのに、そんなものは存在しなかった。現実には、児童・思春期精神科クリニックの職員たちは日々の治療に追われ、疲れはてていた。学校でも、すべての生徒は同じように行動するよう言われ、教師たちは次々に壁に突き当たっていた。

だから、すべてを自分たちでやるしかなかった。自分で学び、闘うしかなかった。

でも、そのためには強運も必要だった。

「子どもはみんな意地悪だから」

「あの子たち、いつもあんなふうに君を見るのかい？」

「知らない。たぶんね」

授業時間が終わり、スヴァンテとグレタは教室の後ろから廊下、階段へと、なるべく目立たないように校内を歩いていた。級友たちが自分を指さし、あからさまに馬鹿にした笑いを向けてきたら、たとえ親が一緒でも、その道のりはとても、はてしなく長く感じられるだろう。いじめられるのは嫌なことだが、理由がわからないのはもっと嫌だ。自宅のキッチンでスヴァンテがその様子を説明するあいだ、グレタはライスとアボカドを食べていた。

話を聞いた私は、怒りにふるえた。この通りに並ぶ建物の半分を破壊できるくらいに。でも、グレタはうれしそうだった。ほっとしたのでも、落ち着いたのでもなく。

クリスマス休暇になると、グレタは恐ろしい出来事の数々を話しはじめた。それはまるで、考えられるかぎりのいじめのシーンが撮影された映画から、エピソードをひとつ残らず持ってきたようだった。

校庭に押し倒された、変なところにおびきだされた、執拗（しつよう）に仲間はずれにされた……。グレタの避難場所は女子トイレだったが、そこで隠れて泣いていると、警備員に校庭に連れだされた。そんな状況が1年以上続いたのだ。

私とスヴァンテは娘の話を学校に伝えたが、学校側は信用しなかった。彼らの見解では、悪いのはグレタだった。何人もの生徒たちが口々にこう言っているらしい――グレタのふるまいは奇妙だ、あまりにもしゃべらなさすぎる、あいさつすらしない。

その一方で、グレタの先生はふたりだけの授業を続けてくれた。彼女は何度も学校側からそれをやめるように言われ、ついには、グレタやその家族と話をするなら解雇すると脅された。それでも授業は続いた。グレタはこっそりと学校の図書室に出入りし、そのあいだ、スヴァンテは学校の外で車に乗って待っていた。

私はグレタに、友だちならまたできるわよ、とよく言った。でも彼女の答えはいつも同じだった。「友だちなんかいらない。友だちは子どもだし、子どもはみんな意地悪だから」

グレタはモーセスを引き寄せた。

「私が友だちになる」とベアタが言った。

「なんとかなるさ、そのうちに」とスヴァンテも言い、壁に貼った紙にこう書いた。

アボカド1個半。サーモン2切れ。ライス。カルシウム剤。所要時間:37分。

回復の兆し

ストックホルム摂食障がいセンターで記録していたグレタの脈拍がようやく増加し、体重も急カーブで増えてきたので、ようやく神経精神科の検査を受けられるようになった。

彼女についた診断名は、アスペルガー症候群、高機能自閉症、強迫性障がいだった。

「私たちはグレタを選択性緘黙症と診断することもできましたが、これは時間の経過とともに消失することが多いのです」

私たちは驚かなかった。すでに数ヵ月前に経験ずみだったからだ。

この日の診断には、例のスクールカウンセラーも立ち会ってくれた。最初にこのことを指摘してくれたことに、私たちは改めて感謝した。

帰り道、ベアタが誰かに電話をかけ、これから友だちと一緒に夕食を食べると言った。私の胸はチクリと痛んだ。ベアタが私たちと一緒に夕食をとらないなんて、本当に久しぶりのことだった。〈すぐに、あなたの面倒もみるからね〉と私は心の中で約束した。〈でも、まずはグレタを治したいの〉

夏が近づいていた。私たちは家まで歩いた。

今度は妹が大爆発

ベアタの最初の大爆発が起ったのは、クリスマスイヴだった。コントロールの効かない、感情のカオスに陥(おちい)った彼女を、ふつうの状態に戻せるものは何もなかった。私たちはとうとう彼女を床に押さえつけた。そして落ち着いた彼女を胸に抱いた。

「自分のやったことがわかってる?」。すすり泣きながら、私は聞いた。

「うん」

「じゃあ、なぜこんなことをしたの?」

ベアタも泣きじゃくっていた。

「わかんない」

何かがおかしいことを伝えるヒントは無数にあったのに、役に立たなかった。私たちはただ大声を出したり、腕を振りまわして、4歳の子どもに自分の行ないの悪さを理解させてばかりいた。ふたりの愚か者として。

ふつうではない状況を受け入れるには、かなりの葛藤(かっとう)があるということを学んだのは、ずっとあとのことだ。

「ベアタはＡＤＨＤだと思うわ」と、しばらくして私はスヴァンテに話した。「これって、ふつうじゃない」

ベアタは保育所など、家庭以外の場所では小さな天使だった。お利口で、やさしくて、恥ずかしがり屋で、なによりも素晴らしくチャーミングだった。とても社交上手で、「家ではどんなふうだか、保育園の先生たちに教えちゃおうかな」とちょっとほのめかすだけで、彼女の機嫌は急降下した。

じつは、これらは全部ＡＤＨＤ女児の早期の特徴だった。もちろん、私たちは知らなかった。そのことを国民に知らせる教育もキャンペーンもなかったのだから、どうやって知ることができただろう？

人間の知識は限られている。たいていは、「ふつうの人」はそうするのだと教えられたことしかやらない。子どもたちにやっていいことと悪いことの限界を示し、正しいふるまいをするように育てる。私たちも厳しく言いつづけた。やっていいことと悪いことを教えつづけた。

その結果、私たちは自動車に乗りこみ、携帯電話でホテルを検索し、北へ向かってドライブすることになった。オーレ［訳注：スウェーデンのスキーリゾート］へ行こう。家族だけだとギクシャクしてしまうのなら、ホテルやレストランでほかの人たちに囲まれようじゃないか、というのがスヴァンテの考えだった。「きっとうまくいくさ、まあ見ててごらん」

これは功を奏した。子ども用ゲレンデで汗をかいたり、ストレスを感じたり、泣きべそをかいたりしながら、私たちはまた家族に戻った。みんなでスキーを習い、ホットチョコレートを飲み、ソーセージとフライドポテトを食べた。午後には温水プールで泳ぎ、そのあとはレストランで食事をとった。

なんて楽しいんだろう。

こうして私たちは、問題をクローゼットに押しこみ、その解決を棚上げした。中身より外見を優先させた。それこそ、ふつうの人がやることだと私たちは学んできたから。

社会の標準からはずれていることは隠した。弱さも隠した。私たちは前ばかり見て、周囲を見まわすことはなかった。

一難去ってまた一難

グレタは診断名を得た半年後に平穏な人生に戻り、生活には日課が戻った。そして2015年、新しい学校に通いはじめた。

一方、4年生のベアタは音楽とダンスに生きていた。イギリスのガールズグループ、リトル・ミックスの大ファンで、部屋の壁にも4人のメンバー、ペリー、ジェイド、ジェシー、リー・アンの写真を飾っていた。

ベアタ自身も、音楽の小さな天才だった。私は、必要とあらばオペラの一作品中の自分の歌曲を2日でマスターできる。私よりも音感のいい人はほとんどいない。でもベアタは例外だ。さまざまな歌手が出演するスカンセン［訳注：ストックホルムの野外博物館］の夏の野外コンサートで、数千人の観客を前に、完璧に自分の歌を歌いきった。テレビで生中継されているというのに、緊張のかけらも見せなかった。

彼女よりも音楽の習得が速い人を、私はこれまで見たことも聞いたこともない。

だがその年、ベアタの怒り発作（アンガーアタック）は頻度（ひんど）を増していった。私たちがグレタの世話にかかりきりになっていたころで、まだ10歳なのに、その怒りのぶつけ方はティーンエイジャーよりも激しかった。

学校では行儀よくふるまっていたが、家に帰ると当たり散らした。私たちと一緒にいることに耐えられなくなっていたのだろう。

スヴァンテと私がやることすべてにイラついた。音、味、衣服、どれをとっても、とっても敏感で、家ではそのフラストレーションを爆発させた。

毎日が努力の連続だった。どれほど疲れているかも、それがいかに判断を鈍らせているかもわからないほどだった。

難民に住まいを提供する

２０１５年秋、ヨーロッパは第二次世界大戦以後最大の難民危機を経験した。これほどの難民危機は、市民社会全体が腕まくりし、協力しなくては対処できない。そう考えた私たちは、自分たちができることをした。

ベアタとグレタの意欲はもっと高く、インガレー島にある私たちの別荘を難民の住まいにできないかと提案してきた。11月、ある小さな家族がそこに住みはじめた。私たちはバスカードと食料を手配し、彼らは難民認定が終了するまでそこで暮らした。休日には彼らと一緒にシリア料理を食べ、ダマスカスから持ってきていた写真を見た。

グレタは鍋やお皿の上に身をかがめ、食べ物のにおいを嗅いだだけだった。ベアタは、私たちが貸し出したソファに背筋を伸ばして座り、模範的な微笑みを浮かべ、勇敢にもシリア料理に挑戦した。スヴァンテと私はよいゲストでいるよう努力した。

でも、いくら努力しても、さらに前進するためには、それ以上の多大なエネルギーが必要だった。もっと貢献したかったが、これが限界だった。私たちは疲れすぎていた。

ベアタの叫び

「なによ、このくそったれ！」

　ベアタはリビングの本棚から次々にＤＶＤをつかむと、キッチンへと続く螺旋階段へ放り投げた。ピッピとマディッケン〔訳注：ともにリンドグレーンの作品の主人公〕が暴力にさらされるのは、これが最初ではなかったし、間違いなく最後でもないだろう。

「パパもママも、グレタのことばかり心配して、私のことはほったらかし。ママなんか大嫌い。あんたなんか、世界最悪のくそったれママよ」

　ベアタはそう叫び、私の頭めがけて『ペンギンのヤスペル』〔訳注：ドイツのテレビ・アニメ〕を投げつけた。

『さすらいの孤児ラスムス』（リンドグレーン）、『ハリー・ポッター』、『アンジェリーナはバレリーナ』（キャサリン・ホラバード）、その他１００くらいのＤＶＤが飛んできた。

　それから寝室に入りバタンとドアを閉めると、壁を何度も力いっぱい蹴った。二重石膏ボードの意外な耐久性に、私たちは改めて驚いた。でも、ＤＶＤは傷だらけになって床に散乱していた。私たちも傷だらけだった。あいにく、寝室の壁ほど頑丈ではないのだ。

まったく食べられなくなったグレタの問題は、たしかに深刻だった。だが、ベアタの変化も別の意味で私たちを苦しめた。

グレタの問題は、キログラム、分、日、表など具体的に示すことができた。四角い紙面上や、用意した食べ物の中に、たまには安堵を見いだすこともできた。

だが、ベアタの問題は、常に混乱、強迫観念、反抗、パニックをもたらした。

たったひとつ似ている点があるとすれば、それが始まった年齢だ。ふたりとも思春期の始まりにあたる10歳から11歳にかけて、爆弾のスイッチが入った。

イタリア旅行に賭けてみる

ほんの数週間で、私たちの日常生活はふたたび粉々に壊れた。

私はちょうどストックホルム・シティ・シアターに出演しはじめたところだったが、精神状態は急降下。エネルギーはつき、グレタの問題に対処したときのアドレナリンが湧（わ）いてこなかった。

「きっとうまくいくから」とスヴァンテは言い、ベアタを連れて旅行することを決めた。グレタは摂食障がいのせいで旅行できなかったが、それ以前に、環境のために飛行機に乗ることを拒否していた。「飛行機に乗ることは、環境にとって最悪なこと」と主張して。

でも、それが妹のためになるのならと譲（ゆず）ったので、スヴァンテとベアタはサルデーニャ島まで飛行機で飛び、コルシカ島との海峡に面した美しいホテルに向かってレンタカーを走らせた。プールに飛びこみ、レストランで食事をする。そのアイデアは今回も功を奏したようだった。少なくとも数時間は。

だが、やがてベアタはパニックを起こし、家に帰ると言い張った。トカゲがいるし、嫌な音がするし、暑すぎて眠れない。「いますぐ家に帰りたい」と泣いた。

「いいかい、いますぐには帰れないんだよ。飛行機の予定は1週間後だ」と言い聞かせても、そんなことは彼女に関係なかった。

ベアタはひと晩中泣きつづけた。朝食の時間になってもおさまらず、プールに行ってもただ泣くだけで、家に帰りたいを連発した。不安のあまり気分が悪いとも言いだした。

スヴァンテはとうとうホテルをチェックアウトし、数分で荷物をスーツケースに詰めるとレンタカーに乗りこみ、飛行場までの長い道のりを走りはじめた。車内のステレオで、リトル・ミックスを最大音量でかけながら。リトル・ミックスは聴覚過敏の対象にならないから、大音量でもだいじょうぶなのだ。

午後のローマ行きの便に間に合ったと聞いた私は、その翌朝のスカンジナビア航空ストックホルム行きの便を予約した。ヴェネツィア広場近くの素晴らしいホテルに、当日空いていた部屋がとれたスヴァンテは、最上階のテラスに立ち、サン・ピエトロ寺院に沈む夕日を眺めた。フェイスブックを飾ったその写真には多数の「いいね！」がつき、「いい機会だから楽しんできてね！」という声援が寄せられた。

スヴァンテの「問題をクローゼットに隠す」癖は、永遠の都でも抜けなかった。そして、ふたりはストックホルムのアーランダ空港に帰ってきた。落ち着きを取り戻したベアタは、うれしそうだった。

2016年の夏至祭前日、アーランダ特急から中央駅に降り、そこから家族4人で中央駅から自宅まで歩いた。リードにつながれたモーセスも一緒だった。グレタとベアタは、道ばたの花を摘み、ブーケをつくった。夏至祭前夜に7種類の花を枕の下に入れておけば、将来の恋人が夢に現れるのだ。

ただしグレタは、ひとけのないところでスヴァンテにこう言うのを忘れなかった。「パパたちは2・7トンの二酸化炭素を排出した。その数値は、セネガルの5人分の年間排出量と同じなんだよ」

「わかった」とスヴァンテはうなずいた。「これからは、飛行機に乗らないように努力する」

この娘を助けてください

秋になり、ベアタは発達障がい関連の検査を受けることになった。そして、締めくくりに学校職員も参加して、児童・思春期精神科クリニックで面談が行なわれた。

「学校でワクチン接種を受けると知ったとき、ベアタは何週間も不安そうにしていました」とスヴァンテは話しはじめた。「注射を怖がって、激しく泣くこともありました。接種当日、私も付き添いました。私たちがそこにいたあいだ、ベアタは顔色ひとつ変えませんでした。セーターを脱ぎ、腕を伸ばすと、まばたきもせず注射を受けました。まるで、退屈なテレビ映画でも観ているみたいに。腕に絆創膏を貼ってもらい、セーターを着ると、あの子は授業に戻っていきました。当たり前のことが起こっただけ、というような無関心な表情で。ところが午後、家に帰ってくると、完全に精神がおかしくなってしまって、長い怒り発作を起こしました」

スヴァンテは少し口ごもりながら説明した。動揺している証拠だ。

いくつかの診断名が部分的には当てはまったものの、どれも判断基準には満たなかった。

「ADHDが90パーセント、自閉症が60パーセント、反抗挑戦性障がいが50パーセント、強迫性障がいが70パーセント」と心理カウンセラーは説明した。「合計すると100パーセントを超えますが、彼女には神経精神医学上はっきりした診断名はつけられないのです」

カウンセラーの説明が終わったとき、私はスヴァンテが人目もはばからず泣いていることに気づいた。この15年間、そんな姿は見たことがない。めったに泣かない彼が、いまは涙を止められないでいた。泣きじゃくりながら「この子を助けてください」と言った。何度も何度も。

最終的に、ベアタはADHDで、アスペルガー症候群、強迫性障がい、反抗挑戦性障がいの傾向もあると診断された。彼女に診断がつかなければ、学校に特別扱いをお願いしても聞き入れてもらえなかっただろう。クラスメートの親や教師などの大人たちに説明しても、わかってもらえなかっただろう。私は仕事を続けることができなかっただろう。それくらい、診断によって現実に差が生じるのだ。

ここからが、ベアタの新しいスタートだった。彼女の状況を説明すれば、学校は足りないものを補ってくれるはずだ。実際、ベアタが通っていた学校は素晴らしかった。予算も知識も優秀な職員もそろっていた。機能に差のある生徒をも包括（ほうかつ）するために、特別な配慮に真剣に取り組みはじめた数少ない学校のひとつだった。とはいえ決定的だったのは、やはり個々の教師の善意だった。ベアタはよい先生に恵まれ、学校生活を順調におくることができた。宿題も行事への参加もすべて免除された。

家庭では、興奮させないことがベストだと私たちは学んだ。怒りに怒りで対処することは百害あって一利なし。だから何があっても、私たちは大声を出さなかった。また、厳格な日課や時間割を決め、それを実行できるよう計画し工夫した。なんとかして、うまくいく習慣を見つけようと努力した。想定外の事態が発生し、何もかもが台なしになっても、また一からやりなおした。それから、スヴァンテと私は責任を分かち合い、子どもをひとりずつみることにした。住居エリアも分けた。

ベアタは私がみた。私たちふたりの共通点は、どちらも「困った人」だということ。彼女をもっとも理解できるのは私で、彼女もそれをわかっている。まだ一度も認めてもらったことはないけれど。

失敗することもあるし、私のほうが子どもっぽいこともある。興奮させないやりかたが、いつでも難なく成功しているわけでもない。それでも、自分の時間がつきるまで、私は彼女を愛する。

グレタの状態が最悪だったとき、ベアタは数歩下がり、自分のことは自分でやった。そのおかげで、私たちは家族として機能することができた。ベアタのおかげだ。

II 本当の地球の姿

私にはもうこれ以上がまんできない。
いや、ひょっとしたらできるかもしれない
けれど、原則は守って。

——ニーナ・ヘミングソン
（スウェーデンの漫画家）

グレタとマレーナ。自宅にて（2018年）

グレタの言い分

フレミング通りにある建物の通気口から、柔軟剤のにおいがする。

ストックホルムの1月。気温3度。しつこい雨が、ぬかるんだ街路を歩く私につきまとう。

クリスマスから新年にかけての休暇のあいだ、ストックホルムっ子たちはどこかへ行ってしまい、街はほとんど空っぽになる。ロサンゼルス、タイ、フロリダ、あるいはシドニー、カナリア諸島、エジプトへと飛行機で飛び立つのだ。

スウェーデン人は、支援すべきものを見れば立ちあがる。難民や弱い人たちのために闘うし、不正に対しても闘う。でも、エコロジーの点ではいまひとつ。なかでもダメなのが、私のような人間らしい。

「ママのような有名人と環境の関係って、ジミー・オーケソン［訳注：移民嫌いの極右政党党首］と多文化社会の関係みたいなものね」と、朝食の席でグレタが言った。

多文化を好む人間にとってはうれしくない例だが、そのとおりなのだろう。有名人だけでなく、多くの人が成功を求めていて、成功の象徴とは、贅沢、高級品、そして旅行、旅行、旅行だ。

「そうはいっても、私だって病気になるかもしれないし、人気がなくなるかもしれない。そうしたら一銭もお金が入らないのよ」と私は説明した。「それに、有名人になると意見を聞いてもらえるし、お手本になることもできるけど、いつだってモラル上の責任を負えるわけじゃないわ」

だが、グレタは同意しなかった。私のインスタグラムのタイムラインをスクロールする。彼女は怒っていた。

「気候のために立ちあがった有名人がいる？　世界中を飛びまわる贅沢さを捨てる覚悟があると言った有名人がいる？　ひとりでもいるなら名前を挙げてみて」

「ほかのことのために闘っている人はいるわ」と言ったものの、具体例は思い浮かばなかった。

「じゃあ、彼らが闘っているものを何か挙げてみて。気候危機って、未来を修復できない全面核戦争みたいなものだけど、それ以外のことで何を？」

彼女が正しい。いったん気候を破壊してしまうと、二度と修復することはできない。これからの世代がいくら望んだとしても、元に戻すことはできない。

つまり、私たち人類は間違った闘いをしているのだ。あるいは、こう言うべきだろうか。どんなに正しいもののために闘っているとしても、いまのライフスタイルを維持するかぎり、その最重要課題はすべて無駄な闘いに終わるリスクが高い。

もちろん、誰もかれもが気候問題の活動家になる必要はない。だが少なくとも、地球とその環境を積極的に破壊することは避けるべきだろうし、気候破壊の結果をトロフィーのようにソーシャルメディアに載せることもやめるべきだ。なのに、私はそれをやっていた。日本で撮った誇らしげな自撮り(セルフィー)をインスタにアップしたのは、ほんの3年前。「東京からおはよう」と投稿すると、何万という「いいね」がついた。

帰りの便では、シベリアや北極海を日がな眺めて過ごした。その飛行機は、何十万年も眠るツンドラの永久凍土が溶け、温室効果ガスを排出する手助けをしていたというのに。

何かがチクリと私の胸を刺したが、私は8000人の前で歌を披露(ひろう)し、日本のテレビ局はそのコンサートを収録した。だからこの旅は目的を達成した、と私は考えた。生物圏よりも生態系よりも、日本のテレビ局のほうが大事かのように。

あと18年!?

バランスのとれた大気には限りがある。それは、あらゆる生物に平等に与えられた、有限な天然資源だ。だが、今日（こんにち）のようなスピードで温室効果ガスを排出していると、この天然資源は長めに見積もっても18年後には枯渇（こかつ）してしまうという。

先駆的な研究者たちによると、私たちにとって最適な大気中の二酸化炭素濃度は３５０ｐｐｍ以下。ところが現在すでに４１０ｐｐｍを超え、今後10～12年以内には４４０ｐｐｍに達するそうだ。

アーランダ空港のカーボン・オフセット・サービス〔訳注：カーボン・オフセットとは、経済活動などで排出された二酸化炭素のうち、どうしても削減できない分を、植林やクリーンエネルギー事業等で削減された分で埋め合わせようという取り組み〕によれば、ストックホルムと東京を飛行機で往復すると、５・14トンの二酸化炭素を排出する。これは、総フライト時間（約25時間）にひとりの人間が２００キログラムの牛肉を食べることに相当する。世界銀行によると、インドでは一人あたりの平均的排出量は年間１・７トン。バングラデシュは０・５トンだ。

そう、もうすぐ、私たち自身のエコロジカル・フットプリント〔訳注：人間の生活が地球や環境にどれほど負荷を与えているかを示す指標。負荷の度合を資源の再生産や廃棄物の浄化に必要な面積で示す。その値が大きいほど負荷は大きいことになる」を測らずして、連帯や平等について語ることはできなくなるだろう。

正義のために立ちあがる権利を、私たちは失いつつある。

コンピュータに追い越される日

地球が地軸を一回転し、一日が完成するのに23時間56分4・091秒かかる。ときおり少し速くなったように感じるが、この速度はミリ秒単位まで正確だ。一方、間違いなく速度が増して回転しているものがある——たとえば、私たちの生活。

私が幼かったころ、コンピュータは絶対に人間の代わりにはなれないと言われていた。「チェスを見てみろよ！　コンピュータは人間には勝てないんだぜ」

でも1990年に、レイ・カーツワイルという男が現れて、コンピュータの性能は毎年2倍ずつ向上しているので、理論上、1998年までにコンピュータがチェスの世界チャンピオンを負かすだろうと予言した。

そして、1997年5月、当時の世界チャンピオン、ガルリ・カスパロフがＩＢＭ製のコンピュータ、ディープ・ブルーに敗れた。予言が的中したことになる。

レイ・カーツワイルは現在、グーグルの開発責任者であり、「アフリカの田舎に住んでいてもスマートフォンを使いこなせる子どものほうが、ほんの20年前のアメリカ大統領よりも多くの情報にアクセスすることができる」と主張している。彼によると、コンピュータが人間の知性を超えるのも時間の問題——２０２９年までには明らかになる数学的自明だそうだ。これも、私たちの社会が現在どんなスピードで変化しているのかを示す事例のひとつだろう。

それだけではない。私たちの経験も増えている。感じることも考えることも増えている。ソーシャルメディアで社会問題を議論するスピードと拡散力は、１９９０年代を古い農耕社会のように感じさせる。

とどまるものは何もなく、すべてが二極化していく。すべてが先端に集中していく。

私たちの生産量は増える一方、消費量も増える一方。人間は、何かを始めると「もっともっと」やらずにはいられないのだ。

トランプ大統領は象徴である

アメリカ大統領ドナルド・トランプのかつてのベストセラーのタイトルは『Think BIG!（でっかく考えろ！）』だった。トランプは現代社会の最悪の象徴。この時代の袋小路。だが、私たちはこれからも彼の世界——何もかもが拡大せざるをえない、勝ち組の世界で生きるのだろう。

世界は高速回転するメリーゴーラウンドで、そのスピードはどんどん速まっている。どれくらい速ければ十分なのか？　いつか限界まで達したら、スピードについていけなくてメリーゴーラウンドから振り落とされてしまった人たちに、目をつぶることができなくなるはずだ。

永遠に成長する社会のために、私たちが犠牲にしてきた人たちがいる。生活レベルを上げたい、目のくらむようなトップ層の生活に少しでも近づきたいという意欲は、常に前進への原動力になってきた。これは、かなり合理的なことだ——私たちがせっせとノコギリで切っているのが、全員が座っている大きな枝だという事実に目をつぶりさえすれば。

実際、各種の成長曲線が急上昇しているなかで、じつに多くの人々の健康状態が悪化しつづけている。不本意な孤独は慢性疾患となった。

燃えつき症候群と精神疾患は、チクタク音を立てる時限爆弾ではない。もう爆発ずみなのだ。

グレタからあなたへの手紙

私の名前はグレタ、15歳です。妹のベアタはこの秋に13歳になります。現代の政治問題が、前の世代とは比べものにならないほど私たちの全人生に影響を与えるというのに、私たちには選挙権がありません。

もし私たちが100歳まで生きると、時代は次の世紀に入っています。これはかなり奇妙なことです。なぜなら、最近では「未来」が話題になると、それは単に数年後のことを指すからです。2050年以後のことになると、はるかかなたのことで、想像の中にすら存在しません。でもそのとき、私と妹はまだたぶん人生の半分も生きていません。祖父は現在93歳で、そのまた父は99歳まで生きたので、私たちも長生きする可能性があるのです。

2078年と2080年に、私たちはそれぞれ75歳の誕生日を祝います。子どもや孫がいれば、一緒になってお祝いしてくれるでしょう。私たちは、自分の子ども時代のことを話すかもしれません。ひょっとしたら、あなたたち大人のことを話すかもしれません。子どもや孫たちは不思議に思うでしょう。「意見を聞いてもらえる可能性のある人たちが、どうして何も言わなかったの?」と。

でも、必ずこうなるとはかぎりません。私たち全員が、いま自分たちは危機の真っただ中にいると自覚して行動を始めるかもしれません。だって、現実に危機に直面しているのですから。

「子どもたちは私たちの未来。だから、子どもたちのためなら何でもする」

大人は、よくそう言います。この発言には、たしかに希望がこめられています。でも、もし本気でそう言っているのなら、お願いですから私たちの意見を聞いてください——ただの励ましの言葉なんていりません。プレゼントも、チャーター旅行も、趣味も、制限なしの自由選択も欲しくありません。

あなたたちの周囲で進行している、この差し迫った持続可能性（サステナビリティ）の危機に真剣に取り組んでほしいのです。この現実について、話しはじめてもらいたいのです。

もう、べつのもので「埋め合わせ」はできない

スウェーデン環境保護庁によると、スウェーデンは毎年一人あたり11トンの二酸化炭素を放出している。世界自然保護基金の「生きている地球レポート」によると、スウェーデンのエコロジカル・フットプリントは世界のトップ10に入り、全人類がスウェーデン人のように生活すると地球が４・２個も必要だという。

それなのに私たちはまだ、自分たちには選択の権利があり、それぞれ異なる排出量があって当然だと信じている。完全菜食主義者（ヴィーガン）になれば飛行機に乗りつづけられると。電気自動車にすればショッピングを楽しみ肉食を続けられる、カーボン・オフセットなどを利用すれば、環境保護のためにすべきことをしなくても埋め合わせできると信じている。私たちの将来は、すでに理解の域を超えるほど抵当に入れられているというのに。

現実には、大気中の二酸化炭素濃度が３５０ｐｐｍを超えたとき、つまり１９８７年に、人類の環境貯金はつきてしまっている。

スウェーデン政府のごまかし

２０１７年秋、わが国の首相は「スウェーデンは世界初の化石燃料に頼らない福祉国家になるでしょう」と言った。聞こえはよかったが、大きな変化はまだ何も起こっていない。

２０１８年のスウェーデン自然保護協会の調査によると、この国の環境予算は１１０億クローナ（約１２００億円）に達する。だが政府予算には、環境破壊に直接つながる３００億クローナ（約３３００億円）の補助金も計上されている。この補助金とは、温室効果ガスの放出を安価にするための助成金のこと。つまり、大火の消火活動のために、水を満載した消防車を送るのと同時に、ガソリンを満載したタンクローリー3台を送りつけているようなものだ。「化石燃料に頼らない」のはいいことに違いないが、その中身は甘すぎる。「化石燃料に頼らない」には、太陽光エネルギーやオーガニック栽培で木から落下した果実はもちろん、森林破壊、排出量取引、放射性廃棄物までも含んでいるのだから。

「化石燃料に頼らない」という言葉をただ強調することは、「変化」を未来に押しつけ、環境に対する人間の支払い猶予（ゆうよ）期間をずるずると引き延ばすことを意味する。そうやって胸を叩いて、我々は世界一素晴らしいと言いつづけるのだ。

悪夢のようなシナリオだけど

「私たちはもうすぐ、年間一人あたりたった2トンの二酸化炭素排出量で生活せざるをえないだろう」という議論をよく耳にする。ということは、パリ協定を実現するためにスウェーデン人は、排出量を現在の10分の1にしないといけない。だがじつは、これらの数字は、はるか先の未確定なことがら——まだ発明されていない技術や、実現していない持続可能な森林業や農業など——を前提にしている。それに、まもなく80億という地球人口の中に、これから生活水準を上げて先進国並みになりたい思っている国の人々がいることは、計算に入っていない。

「2トンという数字は残念ですね」とウプサラ大学のケヴィン・アンダーソン教授は言う。「これではなんの効果もない。たぶん、国連のＩＰＣＣ［訳注：気候変動に関する政府間パネル。国際的な専門家による研究結果を共有するための組織］第一次評価報告書の影響でしょう。あそこで不完全な排出量数値を取り上げ、それを半減すべしとしましたから。本当は、二酸化炭素排出量はゼロにしなければ。それが厳しい真実なのです」

「排出量ゼロ」とは悪夢のような数字、とうてい実現できないシナリオに思える。でも、絶望する必要はない。遅すぎるということもない。いますぐに着手すればいいのだ。

グレタに嘘は通じない

「その原因をつくったのは私たち人間です」

国会からのテレビ中継で首相はこう語った。議題は〝気候〟。

「この人、嘘ついてる！」。テレビの前のソファから立ちあがったグレタは言った。「嘘ついてる！」

「どうして？」と私は尋ねた。

「この危機の原因をつくったのは私たち人間だって首相は言うけど、そんなの本当じゃない。私は人間だけど、そんなことしていない。ベアタだって、ママだってパパだってこの原因をつくっていない」

「そうね、あなたの言うとおりよ」

「みんなのせいだってことは、誰のせいでもない。だから首相の言い分は、私たちはこのままでいいってことよ。でも本当は、誰かのせい。ガス排出量のほとんどは、数百の企業からのものでしょ。ごく少数の飛びぬけてリッチな人たちが地球全体を破壊して、何兆クローナ（何十兆円）もの大金を稼いでいる。それが危険なことだと知っているのに。その人たちと同じように、首相も嘘をついてるのよ」

グレタはため息をついた。

「この危機の原因をつくったのは全員じゃなくて、ごく一部の人たち。だから地球を救うためには、彼らの会社、彼らのお金を相手に闘って、責任をとらせなきゃ」

ほかの選択肢は、ない

政治家や企業のＣＳＲ（サステナビリティ）責任者は、気候や環境についてみな同じように言う——ガス排出量を削減すべきだ。そう、排出量は削減せねばならない。パリ協定の「２度目標」〔訳注：産業革命以前と比較して気温上昇を２度未満に抑えること〕を実現するつもりなら、毎年10〜15パーセントのあいだで。

問題は、これらの排出量には例外がひとつあり、それが削減の足かせになっていることだ。世界金融危機の直後、こうした削減は必ずしも望ましいものでないという声が高まり、この「例外」がつくられて以来、排出量は増えつづけている。２度という設定でも安定した気候を維持するには高すぎたにもかかわらず。

もちろん、排出量が増加しているのは偶然ではなく、意識的な選択の結果だ。それは、私たちが目標を「経済成長の増大」から「排出量の劇的削減」に変更するまで続くだろう。できるだけ早期に油田のクレーンを停止し、世界の研究チームが「これしかない」と示唆する新しい現実に生活を移行させるまで。

エコで持続可能な経済成長も不可能ではないだろうが、排出量の削減以外に主要目標が設定できない現在では、ほかのことを試している余裕はないはずだ。

妥協しないグレタ

スヴァンテはコンピュータの前に座り、両手で顔をゴシゴシこすった。私たちはこの本のラフ原稿を何人かに読んでもらい、その感想を検討していた。彼はグレタのほうを向いた。

「さて、この話（前項）あたりはちょっと読むのがつらいって意見があるんだ。君やベアタが関係してるのなら、もっと楽しい内容を読んでみたいって。何かを加えようかな？」

「これはどう？」とグレタは言い、選んだばかりの写真を何枚か見せた。それは、食肉処理場にいる豚の写真だった。ベルトコンベアの上で何十億もの動物が短い一生を終えるのは、人間が動物の命を利用する権利を持っていると信じているからだ、というメッセージらしい。

「いいけど、それ以外に、君たちのこともこの本に盛りこめないかな？」

「いやよ」とグレタは素っ気なく答えた。「プライベートなことを載せるの？　ママの日焼けとか、読者の興味をそそる有名人の話とか？　これは気候についての本よ。退屈だろうけど、読者には耐えてもらわなくちゃ」

「第6の大量絶滅」が進行中

この地球という惑星のあちこちで、未来の生存条件をテーマにした情報戦が進行している。研究者や環境団体の主張と、産業界やロビイストの言い分。両者は常に異なっている。

メディアが無関心なせいで、私たちが今後エコロジカルに生きるか絶滅するかの問題は、政治問題に矮小化されてしまった。政治というパワーゲームでは、言葉ばかりが飛びかい、もっとも人気のある者が勝利する。では、気候および持続可能性危機について、いちばん人々の気を引くのはどんな人だろう？　変化が必要だという人？　それともショッピングも飛行機の利用も永遠に続けられると主張する人？

多くの政治家は、人気のある代替案を手にすると、ほかは無視する。「この危機は新たな経済成長には直接結びつかない」という事実も、無視されることのひとつだ。その結果、人類史上最大の脅威（きょうい）は、「永遠に色あせない経済成長」という公約の海で溺（おぼ）れている。そこでは、溶けゆく氷のことは話題にならない。農業の多国籍産業化が私たちの未来を危険にさらしていることにもふれない。世界中の熱帯雨林がひどく破壊され、もはや二酸化炭素を吸収するどころか大量の二酸化炭素を放出してじわじわと大気を害していることも語られない。

人間のもっとも優れた特質のひとつは、変化に対応できることだ。たとえその変化が歓迎せざるものであっても、運命を左右する大きな現象に直面すれば、受け入れることができる。

私たちの周囲ではいま、第6の大量絶滅〔訳注：生物史上、これまでに大規模な絶滅が5回起こったとされている〕が進行中だ。グリーンランド、北極、南極大陸で溶けつつある氷は、運命を左右する現象だ。人類が文明を開花させることができたのは気候が安定していたからだが、私たちのライフスタイルはそんな時代を過去のものにしてしまった。これも、運命を左右する現象だ。だが、これらを指摘する声は、ゴミの大海で溺れてしまっているのだ。

現代人にとっての重大関心事は、天文学的な経済利益だ。嘘、虚実混同、創造的な統計があらゆる場所でおおいに共有されている。地球全体のガス排出量を劇的に削減しなくてはならないというのに、国ごとの排出量で競い合っている。

農業は飛行機を責める。飛行機は自動車を責める。自動車産業は海運業を責める。自分自身の問題を反省するより、他人を責めるほうがいつだって簡単だ。そしてまた、行動を起こすよりも、国際法の条項やら何やら細かいことに注目するほうが簡単だ。私たちの未来が危険にさらされているというのに、「でも、あいつらはどうしてるの？」としか言わない。排出量は減らなくても、これまでどおりの生活が続くほうが、みんなを喜ばせるのだ。

私たちは、ハンディキャップを負った学童でさえ利益を生み出すべきだと主張する時代をつくってしまった。この先、いったいどうなってしまうのだろう？

グレタ、ニュースを見聞きし、コメントする

「ドナルド・トランプは少なくとも正直よね。せっせと仕事をしてお金を稼ぎ、パリ協定なんか無視。だから周囲から極端だと思われている。でも、私たちだって同じことをしてるよ」とグレタは言った。

私たちは〈SVTプレイ〉〔訳注：スウェーデン公共放送SVTのニュースやドラマは、放送後一定期間、無料でネット視聴できる〕で党首討議の内容をチェックしていたが、スヴァンテは腹が立ってとても観ていられないと言って、犬と散歩に出かけた。

「スウェーデンのガス排出量は、世界でもトップクラスなのよ」と怒ったグレタは続ける。「それなのに、各党の党首ほぼ全員が自国の排出量に注目しないで、明らかに数字が悪い近隣諸国の手助けをしましょうと主張してる。スウェーデンのエコロジカル・フットプリントは、それらの国々よりもずっと高いのに！　どうして誰も反論しないの？」

彼女はパソコンを膝に乗せ、ソファに座っていた。暦の上では5月が始まったばかりだというのに、窓の外には熱波が押し寄せていた。

「スウェーデンは世界第8位」と彼女は続ける。「ほかの国を助けている場合？　もっと悪い

アメリカとかサウジアラビアになら手を貸せるだろうけど。司会者が何も言わないのは、私たちが自国の排出量を外国に輸出していることを知らないからよ。真実を語らないから、情報が広まらない。みんなはトランプの〝もうひとつの真実（オルタナティブ・ファクト）〟を責めるけど、私たちのほうが質（たち）が悪い。環境にいいことをしているんだって、自分たちを信じこませているんだから」

その翌日、新聞各紙は党首討議の発言内容について事実確認をした。だが、私たちが話していたこと――たとえば、極地の氷が溶ける実際のスピードについて――を確認した記事はひとつもなかった。1分間に20万平方メートルの氷が毎月溶解しているのは本当か、それともこれより少ないのか？　ほとんどの党首がその主張の中でスウェーデンの排出量を実際の半分以下にしているのに、非難する声はなかった。

グレタは、朝食のテーブルで記事を読んでこうコメントした。

「環境上の目標が未達成だということを議論したかと思えば、次の日には全空港を増築し、乗客数を3倍にしたり、〝環境にやさしい〟高速道路を建設しようとする。『環境問題を否定する者は愚か者』と言いながら、実際のところ、私たち全員が環境問題を否定しているのよ」

それでも変化は起こらない

2017年夏、気候問題に関する6人の先駆的な研究者と政策立案者たちが、科学誌ネイチャーに寄稿した。彼らは「人類は3年以内に排出量カーブを急降下させねばならない」と主張した。この気候を守るにはあと3年しかなく、このままではパリ条約の2度目標を達成できないし、人間には制御できない気候破壊の負のスパイラルが始まってしまうだろうと。これができなければ、2025年にはほぼ全部の工場を閉鎖し、すべての自動車と飛行機を地上に停めてゆっくりと腐食させ、そのあいだ人類は備蓄食糧を食べることを、世界は覚悟しなければならない。

この論文の著者たちはけっして大げさな警報を発するばかりの、いわゆる煽動者(せんどうしゃ)ではない。それどころか、ワシントン・ポスト紙は「彼らは楽観主義者だ」と書いているくらいだ。でも、あれから1年経っても、必要とされていた革命的な変化の兆しはどこにも見られない。人々の生活様式の改善も。「スウェーデンは先駆的な国です」と何度も聞かされてきたけれど、現実には先駆的な国なんてどこにもない。どうやら「気候のための闘い」とは、気候を救う闘いではなく、私たちがいままでどおりの生活を維持するための闘いらしい。

２０１７年

２０１７年、９００万人が環境破壊が原因で亡くなった。２万人の科学者と研究者が「私たちは確実に気候と持続可能性の破滅に向かっており、もう時間はない」と人類に鋭い警告を発した。ドイツの研究者たちは、昆虫の75〜80パーセントが絶滅したことを確認した。その後しばらくして、フランスの野鳥の数が「激減」し、いくつかの種は最大70パーセント減少したと報告された。鳥がエサにしていた昆虫がいなくなったのが原因だった。

２０１７年、たった42人が全世界の総資産の半分を所有していた。世界人口のたった１パーセントの人たちが全世界の総資産の82パーセントを所有していた。

２０１７年、海洋の氷と地上の氷河が記録的な速さで溶けた。

２０１７年、６５００万人が難民となった。

２０１７年、ハリケーンと豪雨が何千もの死者を出し、都市を飲みこみ、いくつかの国を丸ごと破壊した。

２０１７年、大気中の二酸化炭素の量が増えつづけ、排出量カーブが上昇した。そのスピードは、映画『スター・トレック』シリーズにある「ワープ航法」に匹敵するという。

「これ以上、気候に関することは書かないで！」

「気候問題は火急を要します。それはきわめて重要な問題です。でも、あなたには別のテーマで書いてもらいたいのです」

私は毎月、ミットメディア〔訳注：スウェーデン最大の新聞コンツェルン〕傘下の地方紙ダーラナに寄稿していた。今日が11月分の締切りで、私の聡明な編集者は、またもや気候に関する3000字のコラムを受け取ったところだった。彼女のメールの行間からは、叫び声が聞こえた。

「これ以上、環境に関する文章は欲しくないの！」

スヴァンテも私も、彼女と同意見だ。これ以上気候に関する文章なんて書きたくない。書きたいのは、たとえば文化について。生き生きとした田舎の生活について。ヒューマニズムについて。公立の音楽学校について。反人種差別について……。だが、現実はこのとおり。

「この問題は大きすぎる」とスヴァンテと私は何度も言われた。「だから受け入れられない」と。それは真実であるとともに、真実ではない。なぜなら、人々がそう望むのなら、犠牲を払い、特権を放棄して少しばかり謙虚になる覚悟があるのなら、この問題に取り組むのは難しくないからだ。気候問題自体は、受け入れるのに難しすぎることも大きすぎることもない。だが、不愉快すぎるのだ。

それはまるで、雨でびしょ濡れになったテントの中で、大きな寝袋に入って丸くなり、暖まってぐっすり眠っているようなものだ。立ちあがって現実を見たくない。ほかの人たちと同じように、もっと眠っていたいのだ。

ダーラナ紙に書いた私の最後のコラムは、ミットメディアが気候危機否定論者たちの一方的な主張を何度も意見記事として掲載したことに関するものだった。ホロコースト否定論者にも匹敵する気候危機否定論者に譲歩する新聞に寄稿することは私の良心が許さない、とも記した。

だが、ミットメディアは編集方針を変えるつもりはなく、私はあきらめた。最後のコラムが掲載されることはなかった。

グレタの「四大新聞全部チェック」

「新記録！」

ある土曜日の朝、Ａ４の紙を振りながら、グレタがうれしそうにキッチンに入ってきた。その紙には数字や列が書きこまれている。

「１パーセント以上が環境や気候を扱っているの。そのほとんどが小さなお知らせや、いまも読める古い文章なんだけど、それでもね」


それは「新聞にはひどく恐ろしい記事ばかり載っているので、そのうち誰も読みたくなくなるでしょうね」と私たちが話していたときに始まった。戦争、トランプ、暴力、犯罪そして気候問題……。私はただ本当のことを言ったつもりだった。実際、多くの人たちが「気候問題はひどく気味が悪い」と言っている。だが、グレタは納得しなかった。

グレタは、環境や持続可能性についての記事はほとんどないに等しいと考えていた。だからこれからは、関連記事を全部自分で拾っていくと言いだした。そしてその言葉どおり、四大新聞がどんな記事を載せているのか、または何を載せていないのかを定期的にチェックしはじめた――気候や環境に関する記事はいくつある？　この問題に直接反するテーマ、たとえば飛行機旅行、ショッピング、自動車などをどれくらい扱っている？

結果は毎回ほぼ同じだった。気候や環境に関する記事は、全体の0・3～1・4パーセントのあいだを推移しつづけた。

スウェーデンの大手新聞のひとつが編集部を挙げて気候問題に取り組んだとき、グレタは5週間連続、同紙の報道をチェックしたが、結果はかんばしくなかった。

ショッピング22パーセント、自動車7パーセント、飛行機旅行11パーセント。そして気候問題は0・7パーセント。

どの新聞であれ、いくらチェックしても、結果はおおむね同じだった。

グレタは、自分が大事だと思ったことはきちんと調べるタイプだ。だから私たちは毎朝、彼女と一緒にforstasidorna.seという各紙の見出しが載っているサイトを見た。

「気候問題が最大のニュースになったら原稿を書くわ」と彼女は言った。

私たちがこの統計を取りはじめて2年、まだそんな状態になったことはない。

報道の不思議

「原因は気候変動です」。2017年春、破壊的な豪雨がコロンビアと隣国ペルーを襲い、その後の地滑りで数百人が死亡したことを確認したコロンビアの大統領は、そう述べた。だが、この発言に耳を傾けた人は多くなかった。深さ1メートルの泥の川が時速50キロで火山爆発後の溶岩のように流れ、村を襲う映像は驚異的だったが、この映像を見た西洋社会のニュース編集者たちは、そこそこの関心を示すだけだった。ニュースもまた、似たような運命に直面した何千もの人々の物語と同様に、あっさりと報じられただけだった。

ジャーナリストの世界では、これを「近接の原理」と呼ぶ。たとえばスウェーデンでは、フランスで起こったテロ事件のほうが、イラクで起こった同様の悲劇よりもケタ違いに大きく報じられる。なぜならスウェーデンは、イラクよりもフランスに親近感があると考えられているからだ。

同じことが異常気象についても言える。ヨーロッパ、さもなければアメリカかカナダ、あるいはオーストラリアで発生した異常気象が重大視される。リトアニアはスウェーデンの近隣国であり、同じ政治連合に属しているにもかかわらず、近接の原理によればオーストラリアのほうが、リトアニアよりもずっとスウェーデンに近いことになる。「異なる国には異なる価値がある。異なる国の国民にも異なる価値がある。だから、ニュースの価値も異なる」ということなのだろう。ニュースの優先価値がほかの価値、たとえば人間の価値などに悪影響を与える可能性は捨てきれないが、私たちにはそれを知るすべがない。

ニュースの中では、気候は気候にすぎない。異常気象はずっと自然現象によるものだと考えられてきた。だが世界中の科学者たちは、私たち人間の排出する温室効果ガスと、世界の異常気象との関連を観察している。先駆的な専門家たちは次々に、「地球温暖化は、異常気象にとっての筋肉増強剤（アナボリックステロイド）である」というコメントを発表している。私たちの排出ガスが、異常気象をさらに異常なものにしている、このふたつには明らかに関連があると。

そうなったのは、私たちのニュースに対する態度の結果なのかもしれない。私たちはどんなニュースを好んで見てきただろう？　どのように報道されることを選んできただろう？

洪水ですべてを失った男

私とスヴァンテは二匹の犬を連れて、フレミング通りの裏にある公園へと散歩していた。スヴァンテはいつものように、手にした携帯電話を見ている。2017年の夏は終わり、モーセスには〝妹〟ができていた。半年前に引き取られたロキシーは真黒なラブラドールで、お兄ちゃんと同じくらい言うことを聞かず、そして愛らしかった。

〈家なき犬〉のような動物愛護団体や熱心な活動家たちがいなければ、ロキシーはその生涯を南アイルランドの檻(おり)の中で終えていただろう。だが、いまは楽しそうに鼻を草にうずめながらモーセスと一緒に歩いている。二匹とも疲れ知らずだ。

スウェーデンはその夏、いたって平均的な気温で、南ヨーロッパの殺人的な熱波とは無縁だった。7月は観測史上二番目に地球が熱い月だったというのに、私たちは歩きまわり、いつものようにのんびり過ごしていた。

でもニュースはのんびりとは程遠く、洪水のことばかりだった。気候危機否定論者たちはツイッター上で「フェイクニュースだ」などと主張したが、ヒューストンの高速道路が水深10メートルの湖になったことは、残念ながらまぎれもない事実だった。

ほかにも異常事態が起こっていた。犬たちがリードを引っ張り、あちこち嗅ぎまわっているあいだ、私たちは携帯電話で動画を見た。アフリカのシエラレオネ共和国では、通常の3倍の量の雨が降った。

「ここに私たちの家があったんだ」と、ひとりの男性がテレビニュースで語っていた。「一家でここに住んでいたんだ」と赤い泥の斜面を指す。カメラが映すパノラマ画像は、数週間前までは首都フリータウンの一街区だった場所が、いまでは建物が跡形もなく消えている様子を映しだしていた。家の土台も、煙突も、ボロ車もない。あるのは泥だけ。地滑りを起こした赤灰色の泥だけだ。

毎晩、子どもたちを寝かしつけていたことを思い出す、とシュガーローフ山麓（さんろく）のスラム街に住んでいたその男性は語った。

息子にはおやすみの歌を歌ってあげた。

だが、すべてを失った。

妻も、子どもたちも、家も。

男性は、世界の中で自分に与えられた小さな場所を歩きまわりながら、イギリスのテレビ・レポーターに破壊の跡を示していた。でも、その指の先には何もなかった。赤灰色の泥の丘がひとつと、その背後でゆっくり動く救助隊員数名が映っただけで、ほかは何もない。数千の人々が住んでいたというのに。多くの家族が日常生活を過ごしていたというのに。朝起きて朝食をとり、子どもたちを学校に送ってから仕事に向かう人々。私たちと同じ人間……。

レポーターは泣きながら、この男性の非運をよりショッキングに世界に伝えようとしていた。だが、レポーター自身にもわかっているのだ――このニュースもやがて別の泥、つまり大量のニュースや西洋社会の「近接の原理」という名の泥に飲みこまれてしまうことを。

一方、当の男性はレポーターに同調するつもりはないようだった。彼は顔色ひとつ変えず、ただその場に立ちつくしていた。

すべてを手に入れる人もいれば、何も手にできない人もいる。

異常気象のせいで、1000人以上がシュガーローフ山麓で亡くなった。この男性もすべてを失ったが、それをテレビカメラの前で嘆くことはなかった。

燃えつきてしまった地球で、燃えつきてしまった人々

シエラレオネの地滑りのニュースを見たとき、私たちはすぐに、ツイッターとインスタグラムでその動画を拡散した。スウェーデンのメディアは、まだ一行もこのニュースを報じていなかった。

だが、グレタからの電話が、私たちをたちまち日常に戻してしまった。理科の先生が月曜日と金曜日は休むことになり、彼女のクラスを受け持つことができなくなったのだという。

グレタは悲しそうに、その日一日まったく授業が受けられなかったと言った。彼女に授業をしてくれる代わりの先生が来なかったからだ。「特別な支援が必要な子どもたちのための学校のはずなのに、実際はそうじゃない」とため息をついた。

勉強のために、彼女にはまだ教師が必要だ。だから私は2匹の犬を連れて帰り、学校に電話をかけた。ところが校長はフィリピンに滞在中で、職員は2週間に4回ものスケジュール変更がどうやったらできるのか、またその必要性もわからなかった。

その夜、家族が寝静まったあと、私はソファに座ってひとりで泣いた。ちゃんとしたケアを

受けられない子どもたちが不安でたまらない。それに、その不安を自分の中に抑えなくてはならないことも。体から涙があふれ、悲しみと怒りの感情が洪水となって両手のあいだから流れていく。

ふと、まだ教師全員にメールを送りきっていないことに気づいた。だから私は書きつづけた。両手がしびれ、携帯電話が不調になるまで。そして何もかもが嫌になった。自分自身も、誰もかれも。

これ以上説明する気力がなくなった。助けを求める気力も。

ああ、元気になりたい。

私は横たわり、自分よりずっと不運な人々の記事を読んだ。燃えつきてしまった地球で、燃えつきてしまった人々。この星では、気候、風、日常生活が日ごとに深刻度を増している。

これらはまったく同じ病気の異なる症状なのだ、と思った。地球全体を脅かす病気が発生したのは、私たちが互いに背を向けているから。そして自然にも背を向けているからだ。

私は眠りに落ちるまで、何度もこのことを考えた。シエラレオネのシュガーローフ山麓、あの泥に飲みこまれた町から遠く離れたベッドの上で。

グレタ、持論を読みあげる

２０１６年3月6日、ウィーンでのコンサートを終えた私は空路で帰国したが、その直後、これからは絶対に飛行機に乗らないと決心した。気候に関する論争に加わるためにはそれが必要なことだったからだ。何かを主張したあと、「で、ご自身はどうなさってるんですか？」という質問に答えられるために。

私たち家族は偽善を軽蔑している。だから、不完全な善意で満足するよりも、生活の一部を犠牲にすることを選んだ。そうでなければ、人類史上最大級の協力をどうして他の人に求めることができるだろう？

飛行機は気候論争の焦点だ。飛行機を使わないということは、自分が利用しないということにとどまらない。地球上の生物の種のいくつかは、通常の絶滅スピードより１０００倍近い速さで絶滅している。このことと飛行機は無関係ではない。私たちのガス排出量を差し引きゼロにし、まだ発明されていない画期的な新製品を使ってただちにマイナスにすべきだ、という主張とも無関係ではない。極端な生活習慣に対処する持続可能な方法はない、という事実とも無関係ではない。

研究結果は明らかだというのに、人々は耳を傾けたがらない。

「私が気に入ってるのはここ」とグレタは言って高らかに笑い、自分の文章を読みあげた。

「もし飛行機の使用をなくすのなら、鉄道の大幅な改善が必要だろう。誰もがそう言う！　この発言の意味は、遅刻するなんてとんでもないことだから、自分をそんなリスクにさらすよりも、今後の世代の生存条件を破壊したほうがいいということだ」

ロキシーをちらりと見てしばし口をつぐんだあと、グレタは続けた。

「何もかも自分の思いどおりに進むべきだ――こんな考えに大人は慣れきってしまっている。大人は、甘やかされた幼児のようなものだ。それなのに、私たち子どもに向かって、怠けているだの甘やかされているだのと文句を言う。世の中のおじさんたちが書いたハンドブックには、私たちみたいなアスペルガーの子は皮肉を理解できないとあるが、私にはこれ以上素晴らしい皮肉があるとはとても思えない」

見ないフリはやめよう

フェイスブックにアップロードされていた、デンマークのニュース番組を観た。そこでは司会者が、ゲストにこう質問していた。飛行機の使用をやめるなんて非現実的じゃないですか？「私に言わせれば、気温が4度上昇しても人類が生きのびられると考えるほうが非現実的ですね」とそのゲストは英語で答えた。「とくに非現実的なのは、現状の生活、つまり私たちのような一部のエリートがつくった生活基準を維持したまま、人類が生きのびられると考えることです。だから、飛行機を使用しないことは非現実的どころではないのです」

飛行機に乗るという行為は、個人が環境に与える影響のなかでも最悪中の最悪なのに、世界人口の約3パーセントが毎年利用している。ただし、このテレビ番組のゲストは、その3パーセントに属していない。彼はケヴィン・アンダーソン。マンチェスター大学教授、ウプサラ大学客員教授、そして世界的に有名なティンダル気候変動研究センターの副所長であり、環境問題についてイギリス政府に助言している。彼は2004年から空を飛んでいない。

「つまりはパイの原理です」と彼はよく言う。「地球温暖化を2度に抑えるために、私たちは二酸化炭素パイの大きさを決めました。そのパイとは、私たちが排出できる二酸化炭素の全量のことです。使い切ってしまえば、パイは残りません。だから最後の小さな一切れは、世界中の国々と公平に分け合うべきだというわけです」

彼の講演はネットでも見られる。その主張はこうだ——共通のパイを持つという発想は、革新的であると同時に単純だ。その考えでは、排出量の割当ては、早晩ある種の配給制になってしまう。マーガレット・サッチャーやロナルド・レーガンが40年前に始めた、新自由主義による世界秩序の終わりの始まりが見えてきたのだ。これは理論などではない。純粋に小学校の算数だ。

大きなジレンマは、そのパイの中には私たちのスポーツ用多目的車（SUV）、休暇旅行、肉食だけではなく、諸問題の原因をつくったわけでもない何十億もの人々に必要な住宅や病院などのインフラ建設も含まれていることだ。私たちが飛行機に乗ったり、肉を食べたり、新しい服を買ったりするたびに、炭素予算（カーボン・バジェット）はどんどん減っていく。本来それは、私たちより恵まれない国々の福祉のために充（あ）てられるべきなのに。

これらの事実は受け入れにくいかもしれないが、もうこれ以上、存在しないふりをすることはできない。現代社会の驚異的な進歩は、私たちの地球に多種多様な合併症を与えた。いま、もっとも重要なことは、私たちが力を合わせて、できうるかぎりのスピードで、その病に取り組むことだろう。

カルペ・ディエム（今日を楽しめ）

昔はタモ網（あみ）と釣ざおがあれば十分楽しめたのに、いまでは自己実現だの自己啓発だの新しい体験だのという名目で、人々は絶えず大洋の底を曳き網（トロール）している。限界なんてない。すべてが可能だ。

「ヴェネツィア、モルディブ、セイシェルが海に沈み、氷河が溶け、熱帯雨林が破壊され、乾燥したカリフォルニアが燃えています。これらの魅力的な場所が気候危機で消滅する前に、ぜひ訪れてください」

これは２０１８年、スヴェンスカ・ダーグブラーデット紙の週刊ライフスタイル特集に載っていた文章だ。事実は小説より奇なり。まるでマックス・グスタフソンが描く社会風刺コミックのせりふのようだ。

エコツーリズムは、問題を抱える多くの地域にとって重要な収入源になっている。ベリーズやオーストラリアのサンゴ礁（しょう）、雪をかぶったキリマンジャロ、そしてもちろん北極全体……。消滅する前に見に来てくださいね！　というわけだ。

1989年の映画『いまを生きる』で、ロビン・ウィリアムズ演じる教師は生徒たちに、「カルペ・ディエム（今日を楽しめ）」というラテン語を教える。彼は素晴らしい教師だった。この映画は同時代の人々に影響を与えた。この年、ベルリンの壁が崩壊し、国境が開かれ、世界は日ごとに縮んでいった。

航空券は安くなり、社会の繁栄は続いた。そして突然、週末旅行という言葉が、ストックホルムの高給取り以外の家でも聞かれるようになった。

10月の毎週末にジェット機に乗り、マンハッタンでショッピングを楽しむ……なんてことが誰にでもできたわけではないが、かなりの人が実行した。寒さの厳しいスウェーデンの冬を避けて東南アジアへ行き、海岸に寝そべる……なんてことが誰にでもできたわけではないが、かなりの人が実行した。

あの秋、映画館から出てきた私たちの脊髄（せきずい）には、ロビン・ウィリアムズのせりふがしっかり根づいた。「カルペ・ディエム」とロビンが言ったから、私たちは世界に飛びだし、そのとおりのことをしたのだ。

だが、楽しんだのは1日だけではなかった。私たちは何週間も、何ヵ月も、何年も楽しんだ。夕日を眺めながらのドリンク、デンマーク人デザイナーによる最新式のキッチン、北欧ではけっして買えない靴を追い求めて。

スーパーマーケットでの小さな事件

グレタの体重がふたたび増加しはじめてから、1年以上が経った。いま彼女は、毎日同じものを食べている。ランチはパンケーキ2枚とライス。学校の休憩時間にそれをひとりで食べる。口に入れるのは一種類ずつ。ソースをかけたり具を載せたりすることはない。ジャムもバターもつけない。彼女は味とにおいに極端に敏感なので、食べものは混ざっていてはいけない。夕食には、醤油味のヌードルとポテト2個とアボカド1個。

グレタは新しいものを食べるのは好きじゃない。でも、食べ物のにおいを嗅ぐのは大好きだ。体調が最悪だったときでも、ひとりで食糧貯蔵室へ行き、何時間もかかって全パッケージのにおいを嗅いでいた。家族で外食したときも、朝食ビュッフェやサラダバーのまわりを歩き、においを楽しむ。ビュッフェがなければ、ほかのものを。

ある日、スーパーマーケットでワッフルの試食販売をしていた。テーブルの上には、ジャムとクリームが載った小さなワッフルが10個。グレタはそこに行き、全部のにおいを嗅いだ。するとグレタの鼻がジャムとクリームにくっつきそうになるのを見て、販売員がこう言った。「全部食べてください」。そのトゲのある態度に、グレタは身を固くした。

「この子にはアスペルガーの症状があるんです」と私が割って入った。「それから選択性緘黙症もあって、家族のような近親者としか話をしません。摂食障がいもあるから、そのワッフルが食べられないんです。でも、食べ物のにおいを嗅ぐのは好きなんです」。なるべく明るく、でもすまなさそうに見えるように説明したが、相手の表情はほころばなかった。

「それなら、あなたが食べてください」

「ごめんなさい。次から気をつけますから」

「全部食べてください」。販売員が不機嫌に繰り返すので、私は仕方なく、ジャムとクリームが載ったミニワッフル10個を食べはじめた。この場をおさめるには、それしかなさそうだったから。そのあいだグレタは、ワッフルおばさん、私、そしてこの出来事に気づいて驚いた顔をしながら通りすぎる買い物客たちから少し距離をとって待っていた。

　スーパーを出てグレタを見ると、彼女は視線をそらして言った。

「だからなんなの？　においくらい嗅いだっていいでしょ？」

発達障がい児の家族

「親としては、発達障がい児の世界に入りこまないことが肝心です。なぜなら、じつに簡単に共依存のような関係になってしまうからです。そうなったら、問題はさらに大きくなります」

これは、昔から聞いてきた警告だ。

私たち夫婦はこの問題について何度も口論した。私はものごとに挑戦し、調査し、正解を見つけたい。できれば、いますぐにでも。一方、スヴァンテは立ち止まり、少し時間を置くのを好む。

そしていま、私たちは発達障がい児の家族が共依存に似た状態に陥ることを理解し、そのとおりだと思っている。だがときには、あえてその考えにそむき、発達障がい児の世界に入る選択もする。

発達障がい児が正しくて、「健常者」が間違っていることだってあるからだ。

グレタのお気に入りの論争

「だから返答しないでくれ。相手はロシアのロボットみたいに、君みたいな人間を疲れさせるプログラムを仕込まれているんだ。そんなやつを相手に、ひと晩中グダグダ言うつもりか?」

グレタはインスタグラムにある動物愛護運動のアカウントにログインし、お気に入りの敵たちとお気に入りの論争を始めていた。「敵たち」とは、気候危機否定論者、技術楽観主義者、世界を救うためと称してエキゾチックなレシピを求めて飛行機で飛びまわる、ある種のヴィーガンだ。彼女はうれしそうだ。

「さて」とグレタは誇らしげに目を見開いた。「彼に返事を送ったよ」

「返答するなと言ったのに」とスヴァンテ。「時間の無駄だよ。で、なんて書いたんだい?」

「彼はアメリカのパイロットで、動物の権利を守るためにヴィーガンになったんだって……でも、動物にだって健全な大気は必要なはずよね?」。私たちの娘は答えた。「それから、気候危機の原因は人口過剰だって、この人は言うんだけど」

「そうかい。それでいつもの回答をしたんだね?」

「うん」とグレタは満面の笑みを浮かべてうなずいた。

彼女はスウェーデン語と英語でいくつか模範回答を用意していた。そのひとつは、何度も議論される人口過剰の問題についてだった。

「問題はガス排出量であって、人口ではありません。人はリッチになればなるほど、ガスの排出量が増えるのです。あなたは資源のために人口を制限したいようですが、それなら億万長者撲滅（ぼくめつ）キャンペーンを始めるべきですね。『ビル・ゲイツを殺せ！　企業幹部や映画スターに子どもを持たせるな！』というスローガンで。でも、これで国連決議を得るのは難しそうなので、代わりにご自分の排出量を減らすことをお勧めします。あるいは、開発途上国の少女たちの教育を支援するとか。じつは、人口抑制にはこれがいちばん効果があるのです」

「彼はなんて返事してきたの？」と私は尋ねた。

「なんにも」とグレタ。「あっ、待って……私、ブロックされちゃった」

彼女が大笑いしたので、ロキシーがソファの上で飛び跳ね、吠えはじめた。

人類のサクセスストーリーが終わるとき

私たちは、人類史上前例のない社会的変化に直面している。

経済成長は私たちに多くの恩恵を与え、地球人口の大部分を飢餓と貧困から救ってきた。飢餓と貧困から抜けだし、月面着陸し、24時間の娯楽を享受し、快適な老後を手にし……という人類のサクセスストーリーに、私たちはまだ酔っている。その経済成長を止めるなんて、言うは易くおこなうは難し、だ。

思えばたったの三世代で、人間はか弱い存在から不死身の存在となった。そしてときおり、ひどく傲慢で近視眼的にふるまうようにもなった。無人島に漂流してしまったのに、1年分の食料を最初の1週間でお腹いっぱい食べるように。

「技術を信用しろ。誰かが解決策を見つけるはずだ」と大合唱しながら、水源にビニール袋を捨てる人々。「人生は一度しかないんだ。楽しめ！」

人類は社会的格差を縮め、集団的な解決策を選び、人道的な概念に目覚めることで、じょじょに貧困から脱し、平等になるためのドアを開けた。だが、いままたそのドアはじわじわと閉まりつつある。格差は拡大し、資源は枯渇し、私たちは宇宙の無人島に漂着したのだ。

「一字一句そのまま書くよ」

「オーケー。じゃあ、こうしようよ」とグレタが言った。春の太陽は輝いている。そのとき、私たちはインガレーの別荘で頭を寄せ合い、この本で本当に伝えたいことを表現するのは無理ではないかと話していた。

「フェミニズムがドアの外で足踏みし、そこを通りたがっている。ドアにはカギがかかっているが、もし前進したいのなら、そのドアを通過しなくてはならない。少し離れたところには、ほかの運動が並んでいる。ヒューマニズム、人種差別反対、動物愛護、難民保護、精神疾患問題、経済格差縮小など。どの運動も各自のドアの前に立ち、前進するためにそこを通過したがっている。気候運動はどのドアでも開けられるカギを持っているのに、どの運動も気候運動の助けなどいらないと言う。プライドが高すぎるのだろうか、それとも目の前にある解決策が見えないのだろうか。あるいは、気候運動が問題視している自分たちの特権を手放したくないのだろうか」

「オーケー」とスヴァンテが言った。「もう一度言ってくれ。一字一句そのまま書くよ」

見せかけのエコ

「分析機関のインフルエンス・マップが最近発表した研究結果によれば、世界でトップクラスの影響力を持つ50のロビー団体のうちの44が、効果的な気候政策に反対する活動を積極的に行なっているという」

持続可能な解決策を見つけることに関して、私たちは企業の努力と意欲に頼りきっている。だが、企業にだけ責任を押しつけることはできない。それは公平でも合理的でもない。株式会社の主目的は経済的利益の追求であって、世界を救うことではないのだから。

このふたつの目的は矛盾しないとよく言われるが、そんな主張は間違っている。だからグリーンウォッシング［訳注：企業などが環境に配慮しているように見せかけること］という現象が発生する。美しい言葉と実際の行為のギャップ。新しい技術に見せかける技術。

ジャーナリストのナオミ・クラインが描くリチャード・ブランソンほど、わかりやすい例はないだろう。伝説の起業家にして航空会社社長、億万長者のブランソンは、10年以上前、地球を救うべく金のかかる冒険を始めた。アル・ゴアから気候危機に関する説明を個人的に受け、その内容に深い関心を持った彼は、すぐさま記者会見を開き、30億ドル（約3200億円）を投じて10年以内に再生可能な航空燃料を開発する計画を発表したのだ。

彼はビジネスで大金を稼いでいたが、同時に大量の二酸化炭素ガスを放出していた。だから利益の一部を使って、飛行機が気候に与える影響の解決策を見つけることは正義にかなっていると考えたわけだ。

それだけではない。大気中の二酸化炭素を吸収する技術コンテスト（ヴァージン・アースチャレンジ）を設立し、最優秀発明者には2500万ドル（約27億円）の賞金を贈ることにした。

素晴らしいニュースだった。とりわけ仕事のために飛行機に乗るのが当たり前になっている人々にとっては。そう、私のような。これで何もかもうまく解決できるような空気が生まれた。たった一社でもこんなことができるのだ、実行がそれほど困難ではないということがわかれば、世界中の政府は言うまでもなく、ほかの企業だって参加するだろう。

よかった。解決策はあるんだ。人々は安心した。


だがブランソンは、必要な性能と量のある持続可能エネルギーを見つけられなかった。次善策としてバイオ燃料が注目されたが、必要な量を栽培するためには広大な森林や耕地が必要だった。熱帯雨林はすでに破壊されているし、地球上の全市民が森の多い国に住んでいるわけではない。森林国といえばスウェーデン、フィンランド、カナダ、ロシアとそれから……いや、それくらいか。

おまけに、バイオ燃料は高価だし、だいいち耕地の使用についてはモラル上の問題がある。食料の栽培など、他の目的のための土地も確保しなくてはならない。とりわけ、生まれて一度も飛行機に足を踏み入れたことがない、地球人口の85〜90パーセントを占める人たちのために。結局、投資金額は当初予定の30億ドルから2億3000万ドル（約250億円）になってしまった。

その後の数年間で、ブランソンは航空会社をさらに3社立ちあげ、F1のチームまで所有するようになった。賞金2500万ドルのアースチャレンジの受賞者は、まだ発表されていない。「グリーンな」飛行機は、ドナルド・トランプの「グリーンな」炭素エネルギー（CCS＝二酸化炭素回収・貯蔵）のようなものだ。聞こえはいいが、間に合いそうもない。

問題はやがて解決しますよ、と言っている企業から、私たちは今日も「グリーンな」製品を買いつづけている。

われらスキー隊が目撃したもの

輝くような冬の日、私たちは凍った湾の上を歩いていた。グレタには中古のクロスカントリースキーを買ってあげた。妹は私たちに加わらず、家で留守番をしている。ベアタはひとりでいることが好き。アパートメント中をコンサート会場に変え、そこで練習し、演じ、歌い、踊っている。そうしているときが、いちばん気分がいいのだ。最近は自分のユーチューブ・チャンネルの開設を準備している。そこで自分の作品を発表するつもりらしい。「でも絶対に2年はかかるよ。いい作品をつくりたいから」。実現したら、家族みんなで拡散に協力するだろう。

外出したスキー隊の先頭はスヴァンテで、グレタがモーセス、私がロキシーのリードを持っていた。犬たちが全力疾走するから立っているのがやっとで、風に向かって叫び、笑う。私たちはビョーネーンに向かって走る。ハイキング道や岸や崖を飛ぶように通過する。凍った雪の表面は波立ち、凍った海面はところどころ盛りあがり、キラキラ輝く。

岸まで来ると、日当たりのいい小さな桟橋に腰をおろした。スヴァンテがオレンジの皮をむき、私が食べ、グレタがにおいを嗅いだ。少し離れた場所に、3家族と数台の四輪バギーが見えた。小さな子どもたちもガソリン燃料の子ども用バギーを持っていて、親たちが使い方を教えている。一家に3台ずつバギーがあるようだ。

「ねえ、あれ見て」とグレタが言う。「家族そろってモータースポーツが好きなんだね。素敵だね」。私は笑いをこらえようとしたが、食べかけのオレンジが口から飛び出してしまった。

子どもたちはせいぜい6、7歳といったところか。夏には両親が小さな水上オートバイの乗り方を教え、父子で競争し、水上を走りまわっている姿が目に浮かぶ。

「あの人たち、ここへバスでやって来た人たちの埋め合わせをしてるのよ。きっと電気自動車が買える予算の半分は使ってるね」。そう言いながらグレタは、スキーを足で少し揺らして微笑んだ。

テクノロジーに親しむことの最大の利点は、電気自動車、太陽電池、パワーウォール［訳注：テスラ社の太陽光発電システム］を使ってみたとたんに、技術がすべてを解決するわけではないと悟ることだろう。少なくともガス排出量の削減に関しては、技術的解決策の総和よりも、習慣を変えることのほうが勝っている。どちらも必要だが、二酸化炭素吸入装置とタイムマシンの発明を待つよりも、急進的な政策と立法のほうが有効だ。

なぜなら、電気自動車1台につき、水上オートバイ1台が存在するから。バスの利用を始めようとする人の前には、ガソリン燃料のSUVがあるから。ヴィーガン一食につき、ブラジルから輸入されたばかりの牛フィレ肉一塊が存在するから。飛行機を利用しないと決心した人ひとりにつき、毎週末のマドリッド旅行があるから。

消費者の力で世論の形成はできるが、最終的な解決策にはならないのだ。

2年前、共同ガレージに自動車用充電器が設置されたので、ガソリン車を電気自動車に替えた。自家用車を完全な電気自動車に替えたのは、60人のうち2人だけだった。ほかに、プラグインハイブリッドカーに替えた人がひとりいた。その後、多くの新車がこの共同ガレージにやって来たが、電気自動車もプラグインハイブリッドカーもない。多くは私たちの車と同じ価格帯なのに。

同じことが、屋根のソーラーパネルについても言える。私たちは2年前に導入し、以後、新しい技術について「ありがたいお説教」を続けてきた。だが、何も変わらなかった。おそらく世界中どこでもそうなのだろう。それらはたしかに効果がある。太陽光や風力などの再生可能エネルギーのおかげで、私たちは化石燃料社会から脱しつつある。でも、その速度は遅い。明らかに遅すぎる。

テクノロジーは人類を救う、と多くの人が信じているようだが、エネルギー産業は開発を減速し、開発を促進できるはずの個人はテクノロジーを信頼していない。そもそも、人類は救われる必要があると信じていないのかもしれない——。

われらスキー隊は凍った海をあとにし、向かい風の中を苦労しながら戻っていった。

グレタの目に映る大人の世界

グレタはモーセスとロキシーとともにキッチンの床に座り、古い櫛(くし)を使って彼らをブラッシングしていた。ゆっくりと。ていねいに。

「気候や温室効果について初めて聞いたときのことを覚えてる」と彼女は言った。「それが本当だとはとても思えなかった。だって、もしそれが本当なら、ほかのことを話題にするなんてできないはず。でも、私と同じ考えの人は誰もいなかった」

「世界を救うのは、あなたみたいな人ね」と私が言うと、彼女はフンと鼻を鳴らした。私の父にそっくりだ。父は、一般の人が連想するアスペルガー症候群のもっとも洗練された典型だった。父はもちろん診断など受けていないが、ふたりは笑ってしまうほどよく似ている。

「先生たちも同じことを言うよ」とグレタ。「『世界を救うのはあなたたちの世代です。私たちのあとに地球の掃除をして、壊れた箇所を直すのはあなたたちです』って、どの先生も言うの。でも、学校の休みのたびに飛行機に乗って旅行に行っちゃう。『世界を救うのはあなたたちです』って、ちょっとくらい、大人たちが何とかしようと思ったっていいんじゃない?」

モーセスが数メートル離れたマットへ行き、横になった。グレタも立ちあがって彼のそばまで行くと、また話しはじめた。

「ねえ、ママ、私の世代は世界を救わないよ。だって、意見を聞いてもらえないんだもの。勉強して知識を得ることはできるだろうけど、きっと手遅れね。科学者たちを見てよ、あの人たちの意見だって聞いてもらえない。聞いてもらえたって大した違いはない。だって企業は大量の〝専門家〟を雇って、アメリカへ送って世界一お金のかかるＰＲトレーニングを受けさせる。それからニュース番組に出させて、『木を切り倒しても動物を殺してもなんの問題もありません』って言わせる。科学者たちはいくら反論しても聞いてもらえない。だってそのころには、企業はスウェーデンの半分くらいに宣伝を打っている。お金があれば〝真実〟だって買えちゃうんだよ」

アパートメントのエレベーターの動きを感知したモーセスが頭を上げた。グレタは彼の視線を追う。

「大人たちがつくった社会で評価されるのは、社会的能力と外見とお金だけ。もし私たち子どもに世界を救ってほしいのなら、まず最初に変えてほしいことがある。いまのままじゃ、少しでもこれまでとは違うことを考える人、他人とは違うことを考える人は、遅かれ早かれ壊れてしまう。そんな人たちは、いじめられるか引きこもりになってしまう。そうじゃなきゃ私みたいに、教師不足の特別支援学校に通うしかない」

彼女は振り返り、私の目をしっかりと見た。そんなことは、いままでなかった。

「ママはよく言うよね、私が中学校の地理の教科書の間違いを指摘して、大出版社に書き直しを約束させたって。『持続可能性の現状』〔訳注：スウェーデン最大の環境問題雑誌〕の記事にもこのことが載ったって。でも私、自然科学の授業を半年近く受けてないんだよ。だって先生がいないから。この世界を維持したいのなら、それを変えてくれなきゃ。このままじゃ、そのうち何もかもうまくいかなくなっちゃう」

グレタはそこまで言うと深呼吸し、モーセスのふさふさした白い毛に鼻をうずめた。

昔より世の中はよくなったはずなのに……

ほんの100年近く前には、いくつかの国には他国を所有する倫理的権利があると認められていた。同様に、人間の価値にも差があるのが当たり前だと思われていた。出自、肌の色、宗教、性的指向、経済的背景あるいは性別が違うからという理由で。

そしていま、いくつかの不公平は消滅したが、まだ多くのものが残っている。あるものは姿を変え、あるものは新たに登場した。多くの点で世の中はよくなったが、問題は、その大きな改善が、ほかのものの犠牲の上に成り立っているということだ。たとえば健康。生物多様性。バランスのとれた生物圏。種の豊富さと環境汚染。

これらは、修理も交換もまったくきかない。

それは「悪魔との契約」だったのか

昔よりよくなってないもののひとつに、大気中の二酸化炭素がある。私たちの歴史的繁栄と、世界的気候危機の原因となった温室効果ガスとの関連性は、残念ながら否定できない。

「人は土から生まれ、土に還(かえ)る。この世に生をうけた万物は、やがて地中で安らかに眠る」［訳注：スウェーデンの葬儀で使われるフレーズ］。だが、地中に膨大な石油が埋まっていることがわかったときから、地中で安らかに眠ることはできなくなった。人類は、大昔の生物の化石遺物を掘り起こすと、ただちにそれに火をつけ、この星の大気中でそれを燃やしはじめた。

ユタ大学の研究によると、1リットルのガソリンを製造するには23・5トンのバイオマスが必要だという。ボルボ1台をたった10キロ走らせるのに、23・5トンの古木と恐竜と数千万年の時間が必要なのだ。

近代社会は、地球といったいどんな契約を交(か)わしたのだろう？

いずれにせよ、それは持続可能ではないようだ。

ロンドンのスヴァンテ

ベアタとスヴァンテは、前年のクリスマス・プレゼントを実現すべくロンドンにいた――彼女のアイドル、リトル・ミックスのコンサートをO2アリーナで観るために。

私たちがプレゼントにチケットを買ったあと、スヴァンテは私に続いて、飛行機に乗るのをやめた。

最初のうちは、緊急事態に備えて、両親のどちらかは飛行機に乗る可能性を残しておいたほうがいいんじゃないかと話していたが、『地球温暖化との闘い』（日経BP社）を読んだスヴァンテは考えを改めた。著者のジェイムズ・ハンセンは、1981〜2013年までNASAのゴダード宇宙科学研究所の所長を務めた人物だ。スヴァンテはさらに関連書を20冊ほど読み、ショッピング、飛行機の利用、肉食とさよならすることにした。

そういうわけで今回のロンドンも、飛行機なら数百クローナ（数千円）で往復できるのに、時間もお金もそれよりはるかにかかる「電気自動車5日間の旅」となった。ずいぶん高価なクリスマス・プレゼントになってしまったが、約束は約束だ。ベアタも、気候問題の先駆者になることに異論はなかった。

おもちゃ屋のハムリーズで、ベアタはグレタへのクリスマスプレゼントにキツネのぬいぐるみを買った。それからふたりはクリスマスのイルミネーションの下を歩き、オックスフォード・サーカスで一緒に写真を撮って私たちに送った。

その1時間後、ニュース速報が流れた。「オックスフォード通りでテロ発生」

あわててスヴァンテに電話すると、ずっと前にオックスフォード・サーカスを離れ、ホテルに戻ったと言う。胸をなでおろしたが、その後の1時間は、あらゆるチャンネルがこの件を報じた。誰もがかたずを飲んで見守った。やがて、それは誤報だとわかった。

翌日、ベアタはホテルの部屋で過ごした。彼女にとって歌うことと踊ることは、外の世界を探検することよりもずっと刺激的で、世界中のどんな街もこれに勝るものはない。

一方のスヴァンテは、おしゃれなマリーナ、セント・キャサリン・ドックスなどを散歩して過ごした。そこで目にしたのは、「サンド・ダラー」などと名づけられた個人所有のモーターボートが何艇も並ぶさまだった。どれもが大陸間の定期交通に使えそうなほど大型だ。マリーナに沿って歩いたあとは、かつて栄えたテームズ川沿いのいくつかの港を訪れた。ここに貿易会社が並び、船が入ってきては積荷を下ろしていたのだ。

ふと、ここからすべてが始まった、とスヴァンテは思った。貿易はイギリス帝国を建設し、イギリス帝国は産業革命の基礎を築いた。そして温室効果を不自然な速度で加速した。ちなみに、この温室効果を発見したのは、ノーベル化学賞を受賞したスヴァンテ・アレニウスで、アレニウスはトゥーンベリ家の親戚だ。スヴァンテの名は彼にちなんでいる。

私のスヴァンテは歩きながら携帯電話で記事を読み、スヴァンテ・アレニウスが122年前に発表した地球温暖化の計算原理は、現在でも採用されていることを知った。この計算は1896年発表の論文に載っている。素晴らしい考察だが、時間の面では正確とは言えない。アレニウスの計算では、大気中の二酸化炭素割合が現在の数値になるには2000年かかるはずだった。もちろん彼は、後世の人々が化石燃料漬けになるとは考えたくなかったのだろう。

世界各地からの観光客に囲まれながら、スヴァンテは長い散歩を続けた。子ども、若者、老人、貧しい者、富める者。さまざまな背景を持つ人々がロンドン塔の周囲をそぞろ歩きし、晩秋の太陽の下で撮った膨大な量の自撮り画像を、各種のソーシャルメディアに投稿する。焼きアーモンドのほのかな香りと観光船のディーゼルのにおいが、11月にしてはおだやかな空気の中で混じり合っていた。

観光客の中には、歳だからもう歩けないと言う者もいた。その一方、松葉杖(まつばづえ)でもはつらつと歩く者もいた。アメリカから来た幼い子ども連れのファミリー数組は、新生児たちをあやしていた。オーストラリアから来た女性は、認知症の夫を連れていた。彼女が指さすスケートリンクでは、サンタクロースの帽子をかぶったブラジル人観光客たちが氷の上をよろよろと歩いていた——気温18度の暖かさの中で。

ラ・ドルチェ・ヴィータ。甘い生活。人生は一度きり。楽しまなくては！

スヴァンテはタワー・ブリッジのそばに日当たりのよい場所を見つけ、腰かけた。もうすぐ12月だというのに、頭上の枝にはまだ葉がたっぷりとついている。彼は未来の環境運動を夢見た。その姿はまだ見えないが、きっと近づいているはずだ。

それからエクストラショットのスターバックス・ラテを飲み、グレタがくれた乾いたルッセブッレ［訳注：スウェーデンのクリスマス用菓子パン］を何個か食べ、携帯電話からヴァッテンフォール［訳注：スウェーデンの国有電力会社］へ電気代を支払った。

ヴァッテンフォールはその前年、「石炭エネルギーのルネッサンス」を信じるチェコのベンチャーキャピタルに、炭鉱を売却した。だが、いまだに数百万トンもの石炭を、ギャングが支配するコロンビアの採掘会社から輸入し、汚れた火力発電所で燃やしている。世界中の温室効果ガス排出量の30パーセントを占める250の企業のうち112番目に位置しているというありさまだ。

この国有企業はまた、フクシマの惨事のあと原子力発電所を段階的に閉鎖すると発表したドイツ政府に対し、何十億クローナ（何百億円）もの賠償金を請求した。その副社長が（どれほど有能で好人物なのかは知らないが）、スウェーデン政府の気候政策審議会の議長になった。

日光を浴びながら、スヴァンテはカーディガンを脱いだ。Tシャツ日和だ。

人工芝の上で、小鳥が一羽さえずっている。

二度目の涙

地下鉄のインフォメーションボードでリトル・ミックスの名前を見たとたん、ベアタは泣きだした。「人間は石でできてるんじゃないわよ」と鼻をすすりながら。ロンドンのO2アリーナのステージにリトル・ミックスのメンバーが四方から登場したときには、ベアタもスヴァンテも歓声をあげた。

コンサートが終わると、ふたりは電気自動車に乗りこみ、英仏海峡トンネルを目指した。フランスのカレーへ渡り、そこからストックホルムのクングスホルメンへ帰るのだ。ベアタは疲れ知らずで、後部座席でクッキーを食べながら、持ちこんだ音楽を最大音量で聴いた。

スヴァンテの携帯電話が鳴ったのは、オランダのアイントホーフェン付近だった。ある出版社の編集者からで、私たちに気候に関する本を出さないかという。わかりやすい内容で、かつ希望が持てる本を、できるだけ多くの読者が買えるような価格で発売したいと。編集者は、その本における私たちの役割と、環境に関する本を多くの読者に広めることの意義を語った。

「なるべく広い読者層に届くよう、希望に満ちた本にしたいのです」

でも、スヴァンテは「ううーん」と答えた。グレタの言葉が頭の中でこだまする。〝リサイクルのためにゴミの分別を20年続けても、1回飛行機に乗るだけでその努力がフイになるのよ……〟。「あいにく、この問題で希望に満ちた本を書くことには興味がないんです。少なくとも現状は、とても希望があるとは思えないので」

「どういう意味ですか？」

「このテーマで、いまもっとも必要なものが希望だとは思えません。それでは、この危機のいちばん大切な部分を無視しつづけることになるでしょう。もし僕たちが気候に関する本をつくるなら、まず第一に、差し迫った危機の真っただ中にいると伝えます。希望はたしかに重要ですが、それはもっとあとでいい。あなたの家が燃えているとしたら、のんびり家族でキッチンテーブルに座って『よかったな、これで建て直しや改築ができるぞ』なんて話さないでしょう？　自宅が燃えさかっているのを見れば、誰でも消防署に通報し、周りにいる人を起こして、身をかがめて玄関ドアに向かうでしょう？」

「ええ、それでも私は希望が必要だと思うんです」と編集者は主張した。「ご存じだとは思いますが、たとえば自動車タイヤの空気を正しく調節すれば、10万トンの二酸化炭素を削減できるんです」

「そうですね」とスヴァンテは答えた。「でも、そういうことにばかり注目したくないんです。もし、そんな簡単なことで実質的な変化が起こると信じれば、人々はいまの生活を変えないでしょう。気候問題にそんな小さな注目しか与えられないなら、不成功としか言いようがない」

「でも、それが不成功と言うなら、人々はあきらめるしかないじゃないですか」

「そんなこと全然ありません」とスヴァンテは答えた。「人々が現状についてきちんと勉強していないことが問題なのです。知らなさすぎるんです。残念なことに、暴走温室効果［訳注：宇宙空間へ射出できる量以上のエネルギーを惑星が太陽から吸収し、水蒸気の増加などにより気温が著しく上昇すること］についても何も知らない。人間が取り返しのつかないことを始めているのも」

「でも、希望がなく不安だらけだと、人間は防御メカニズムがはたらいて心を閉じてしまうと言う心理学者もいます」

「ええ、でもその反対のことを言う心理学者もいます。それに、知らないままでもいいんですか？」とスヴァンテは続けた。「嘘をつかれるほうがいい？　偽の希望が広まるほうがいい？　そうやって人々の態度を変えることが望ましいことでしょうか？　もちろん、マレーナも私も、人々の気分を害するために本を書きたいんじゃない。反対です、みんなを愛すればこそ言っているんです。僕たちは人間を信じているんです」

「じゃあ、ご近所の人たちとはどういうふうに話しておられるのですか？」。その質問にはこう答えた。「この問題は近所の人とは話しません。友人や両親とも話しませんから」

　編集者は、また電話しますと言って電話を切った。だが、二度とかかってはこなかった。

その夜、ハンブルク南ジャンクションのマクドナルドに並びながら、スヴァンテはあまり上手ではないドイツ語で、ある男性にこう説明した。「気候のために飛行機に乗るのをやめたので、ロンドンからストックホルムまで電気自動車で旅行しているんです」。相手は、スヴァンテのドイツ語は理解できたが、その話は理解できないと言った。雨が降り風が吹く駐車場で、スヴァンテはこの15年間で2度目の涙を流した。

500億台ものトラック、高速道路、BMWに囲まれてスヴァンテは悟った――いくら電気自動車が広まっても問題は変わらない、と。

屋根にソーラーパネルを何枚取りつけようが、人間がお互いに励まし、アイデアを出し合おうが、問題は変わらない。飛行機に乗るという特権を手放し、地上にとどまる決意をしてもまだ足りない。人類史上最大の大転換が、いますぐ必要なのに。

どこを見渡しても、それが起こる兆しはまったくなかった。

5分ほどそこに立ち、彼は気づいた。あきらめと一緒に生きることはできない。ドイツのガソリンスタンドで泣いていたってものごとはよくならない。だから、運転を続けることにした。

デンマークのユトランド半島へ向かって。

スウェーデン南部の街マルメへ向かって。

夜明けへ向かって。

III

真実を知って 未来をひらく

私は街の新聞広告のそばを通り過ぎる。
殺人事件にセレブのパーティ。
「物乞いを取り締まるべきか」とか
新党首の初演説とか。
みんなが乗っている車は
このまま進めば崖に衝突するというのに
車内ではカーステレオで
どの曲をかけるかで口論している。
そんな場面が頭に浮かんだ。

——ステファン・スンドストレム
（スウェーデンのシンガーソングライター）

グレタとスヴァンテ。COP24で（2018年）

私たちにはリーダーが必要だ！

2018年4月、国連事務総長アントニオ・グテーレスは「気候変動は人類最大の脅威です」と述べた。そして私たちは「気候変動」や「地球温暖化」よりも的確に現状を表すとされる「不安定化プロセス（destabilization process）」という言葉を使いはじめた。不安定化プロセスは、いつであってもおかしくない限界点（ティッピング・ポイント）——目に見えない限界に向かいつつある。

基本的な論争は、もっとずっと前に終わらせておくべきだった。研究者たちは、地球温暖化はほぼすべての生物に破滅的な変化をもたらすと、声を大にして警告してきた。森林破壊、農業の工業化、海洋酸性化、魚の乱獲は生物多様性を根絶やしにすることにつながるとも言った。

それにもかかわらず、私たちはまだ、自動車販売台数の増加が将来への希望を生みだす時代に生きている。飛行機の到着の遅れのほうが、気候変動で何千人も死亡した惨事より注目される時代に生きている（その気候変動の原因には、私たちの飛行機旅行も入っているというのに）。気候にやさしい行為とは、ティーバッグではなく茶こしを使ってお茶を飲むことを指す時代に生きている。

飛行機の離発着時には窓の日よけを閉めること、という記事を読んだことがある。そうすれば、エアコンを作動するのに必要な燃料を削減できるからだそうだ。ホテルの部屋では「地球を救うために」、毎日洗う必要のないタオルはフックに掛けておくようになった。

「ネガティブな記事やお先真っ暗なニュースばかりでは、人には受け入れられない。心理的防衛反応がそんな報道は締めだしてしまう。必要なのは、新しいポジティブなニュースだ」という意見をよく耳にする。でも、誰もがアクセスできたらしい「古い」ニュースとはどんなニュースだろう？　どうしてそれを新しいニュースと差し替えなければならないのだろう？　私には、進行中の持続可能性危機をチェックしている人がそんなにいるとは、とても思えないのに。「放射強制力」〔訳注：気候に変化が起きたときのエネルギーバランスの変化量を示すもの〕や「フィードバック」〔訳注：気候の変化によって、その変化の要因となったものがさらに増幅すること〕のような気候専門用語を理解している人には、めったにお目にかからない。南極棚氷（なんきょくたなごおり）の下の潮流の変化が氷の溶解プロセスを速めていることを理解している人も同様だ。

私たちの周囲の人たちは、アマゾンの森林破壊については怒るのに、カナダ、ロシア、北欧を横断する針葉樹林帯が破壊されていることは知らない。新巨大大陸の登場や、チューリッヒとバンクーバーの2企業が大気中の二酸化炭素を吸入する最先端の技術に取り組んでいることを耳にしたという人にもお目にかからない。ましてや、そのビジネスアイデアの記事を読み、電卓を取りだして計算し、どう考えても手遅れという結論に達した人は皆無（かいむ）だ。

だがもちろん、知らないことを恥じる必要はない。なにしろ一般人よりはるかに無知な企業のCSR部長や政党党首だっているのだ。重要なのは、私たちがこのままのライフスタイルを続ければ、人類の運命を左右する深刻な結果が生じるだろうこと、それなのに大半の人にはそれを理解する情報が不足しているということだ。

かくいう私も、つい3、4年前まで、気候問題についてまったく知らなかった。多少の不安は感じて、ときどき危険を論じる記事を読むことはあったが、常にその反対のことを主張する人もいた。エコロジーの不安を消し去るプロフェッショナルな意見に接すると、大きな安堵感に包まれたことを思い出す。解決策はある、だから、いまのままでいい！と。

飛行機に関する記事も読んだ。地上からはるかに高いところでのガス排出はきわめて有害だとあった。だがスウェーデン航空局も、空港を管理する国営企業スウェダヴィアも、この有害性についてひとことも発していなかった。彼らのホームページにあるのは、チューリップの花々と管制塔の写真、そして「環境に配慮した……」という聞こえのいい言葉だけだった。

いつでもそうだった。「これはよくない」という意見のかたわらには「技術が問題を解決する」という声があった。地球温暖化は自然現象によるものであり、地球は昔から温暖化と寒冷化を繰り返してきて、いまはただ温暖期にいるというだけだ。気候危機は大量消費の結果などではない、というような。それらの主張に、私はなんの疑問も感じなかった。メディアや政治家が「これは深刻な事態だ」と示唆するまでは、すべてが制御可能なのだろうと信じていた。

そうしているうちに、グレタの危機がやってきた。次いでベアタの危機が。私たちは、存在さえ知らなかった世界に入り、つまずいた。

「私たちには新しい情報が必要だ」という考えは、日増しに強くなっている。多くの人が『地球が壊れる前に』〔訳注：２０１６年公開のドキュメンタリー映画〕を観て、さまざまな研究報告書や気候ブロガーに注目するようにもなった。

このような動きがさらに強まれば、パー・ホルムグレン〔訳注：環境問題に熱心なＴＶパーソナリティで、２０１９年からはスウェーデン環境党のＥＵ議員〕の講演に定期的に参加し、イギリスのガーディアン紙を熟読するようになるだろう。そして、私たち全員が持続可能性危機の全容を理解するようになるだろう。

「ネガティブなレポートばかりだと、人間は耐えられない。ポジティブに考えなければ、人間は外部からの情報をシャットダウンしてしまう」などと発言するのは、自分の意見に耳を傾けさせられる人たちだ。だが、この発言は正しくない。なぜなら、私たちはそもそも知らないことを封じこめたりできないし、報道されてもいないニュースを無視したりできないからだ。

あなたの子どもが誤って崖から海に落ち、こっちに向かって必死に手を振っているのを見たら、新しい情報なんて必要ないだろう。受け入れるのがあまりにもつらいからと、目をつぶったりしないだろう。自分でも信じられない力を出し、子どもを救うことに集中するはずだ。

いま、私たちは見えない限界に近づきつつある。それを越えたら、もう誰も元のところには戻ってこられない。その深刻さを悟った人たちが、ほかの人たちに警告を発しはじめている。

だが、人間は群れをつくる動物だ。リーダーがすすんで警告しないかぎり、自分たちは危機の真っただ中にいると理解できる人は、ほとんどいないだろう。すべての群れのリーダーが「止まれ」の合図を出すのを、私たちは待っている。そして危険を回避し、安全な場所に導いてくれることを。

少女たちの受難

「ＡＤＨＤの基本的問題点は、その当事者が快楽原則に従うことです。ＡＤＨＤの人は、自分がいちばん興味のあることにしか動かされないのです。ほかのことには見向きもしません。これには脳の報酬系、つまりドーパミン濃度が関与しています」

——ヨーテボリ大学、スヴェニー・コップ

２０１７年5月上旬のある日、私は精神科医スヴェニー・コップの講演に参加した。彼女は脳科学および生理学の研究者であり医師、児童思春期精神医学では国際的なパイオニアとされている。それに参加した理由は、少女に焦点をあてる彼女の研究がユニークだったからだ。受講者には、私と友人のガブリエラのほかに、学校保健とストックホルム児童思春期精神科クリニックの職員たち数百名がいた。

ガブリエラは私と似ている。いまの私が付き合おうと思える人が彼女だけなのは、それが理由だろう。彼女の娘も障がいがあり、いつでも精神的に壊れる危うさを抱えている。いや、とっくにそうなってもおかしくなかったのに、同じ状況にいる多くの人たちのように彼女は懸命に抵抗し、耐えた。砕けることができるのは、本当に強い人たちだけだ。限界を超えてまで自分を抑えつける力があるからこそ、最後には砕けたり燃えつきたりしてしまうのだ。私たち女性が持っているこの極端に厳しい自律心は、男性のどんな美点よりも優れている。

スヴェニー・コップが研究や医療活動の中で気づいたのは、少女たちには「子どもと青少年」という一般的な言葉が当てはまることはほとんどない、ということだった。

「私たちは残念ながら――あるいはいいことなのかもしれませんが――少女と少年を区別しなくてはなりません。十代の少女と十代の少年、彼らの生きる条件は異なります。本当にさまざまな点で。一般に〝子どもと青少年〟と言うとき、それは男の子だけを指しているのです」とコップはレクチャーを始めた。

ヨーテボリの方言で話すこの講師は、それまで私たちが聴いたどんな講演者とも違った。彼女は、ガブリエラと私に直接話しかける。自分の知見をズバリと伝える。

「ADHDおよび自閉症と診断された少女の数は、ほんのひと握りです。私はいまだに驚くべきケースに遭遇（そうぐう）します。明らかにADHDの症状があるのに、『十代の問題』や『機能不全家族』のレッテルを貼られてしまうようなケースがあるのです」

児童・思春期精神医療界には、構造的に男女平等が欠落している――女性研究者によるこの告発は、かなり挑発的だった。しばらくすると何人かの聴衆が立ちあがり、出ていった。残っている人たちからは、うなり声やため息が聞こえてきた。私は携帯電話で読んだある一文を思い出した。「人は自分の特権に慣れると、平等が抑圧のように思えてくる」

でも、ガブリエラと私にとっては、大好きなアーティストの公演に来たようなものだった。「憧れのスターに会えたみたいに感激してる」と言うガブリエラに、私は心から同意した。実際、男の子に比べて、女の子はどれほど不利な扱いを受けていることだろう。問題視され存在を取りあげてもらえるのは、まず男の子。教育的資源や特別支援学校の入学枠が残り少なくなった場合、優先されるのも男の子……、こうした話に私たちはとても感銘を受けた。

スヴェニー・コップは続ける。「つまり男の子は、この病気のかなり早い段階で支援を得ることができるのです。一方、女の子たちが診断を受けるのはずっと遅く、多くが十代後半になってからです。第一の理由は、彼女たちが十代では支援を受けたがらない、ほかの子たちと同じでいたいからです。第二の理由は、既存のパイを奪い合うからです。これはかなり複雑です。この場合、両親にはなんらかの手だてが必要です」

コップは、演台にあったグラスに口をつけて続けた。「女の子が学校に行きたくないと言ったらどうしますか？　14歳の少女をベッドから引きずり出して、学校まで担（かつ）いでいく？　そんなことはできませんね。では、どうしたらいいのでしょう？　彼女がまったく宿題をしなくなったら？　このような反抗や怒りっぽさをどう扱ったらいいのでしょう？　彼女を刺激しないために忍び足で歩く？　そんな日常生活が続くのです。簡単ではありません」

休憩時間、私は以前読んだ記事をガブリエラに見せた。ＡＤＨＤがある子どもを対象にした研究だが、その子ども64人は全員男の子だった。２０１８年の子どもに関する科学的調査は、平等な男女比率をまったく考慮していなかったのだ。

どれほどの知識や見聞があったとしても、女の子に神経精神医学上の診断名を授けるのは容易ではない。男の子用に設計された判断基準に、どうやったら女の子が合致できるというのだろう？　実際、数年前までアスペルガーやＡＤＨＤと診断された少女はほとんどいなかった。診断に関するあらゆることが、いまだに男の子を基準にしている。判断基準も薬も情報も。男の子の男の子による男の子のための診断なのだ。

言うまでもなく、病気の症状は一人ひとり異なる。女の子に現れる症状は男の子と大きく異なる場合だってある。たとえばＡＤＨＤの男の子は社交的になりがちだが、女の子は多くの場合、その正反対になる。子どもが診断を受ける最大の理由は、その行為が他人の迷惑になると考えられるからだが、女の子の多くは自分の内に秘めておくことが多いので、病気の発見が遅れる。人々の目にふれない者が助けを得られるケースはとても少ない。

今日、すべての研究や知見はネットで読むことができるので、勉強熱心な親御さんならこのことを知っているだろう。だが、児童・思春期精神医学界で、これを認める人はごく一部だ。研究の進歩は速いものの、実践がそれに追いつかない。このギャップに非常に多くの子ども、とくに女の子たちが苦しんでいる。摂食障がいや強迫観念やさまざまな自傷行為など、アスペルガーやＡＤＨＤに起因すると考えられても、まだ診断名のついていないせいで悩む少女たちがいるのだ。

そのうえ、少女たちがやっと（やっと！）診断書をもらうようになると、今度は突然、世の中が「診断書の大安売りだ！」と叫びはじめた。まったく信じられないことだ。

壇上では、スヴェニー・コップがレクチャーを締めくくりに入った。

「研究者時代に私は、自閉症、ＡＤＨＤ、トゥレット症候群［訳注：チックなどを伴う精神疾患症］を持つ少女たちと、そのような症状がまったくない少女たちを調査しました。たしかに言えることは、前者と後者の家族はまったく別の惑星に暮らしているようなものだ、ということです。その違いの大きさを他人は想像できないでしょう。疾患のある少女を抱えた家族は、日常的に大きなプレッシャーにさらされています。もちろん、そのような少年を抱えている家族も同様で、やはりストレス値が極端に高く、日常生活は困難です」

会場は静かになった。あたりを気にしつつ咳をする人たち、ノートにペンを走らせる人たち。

「このような子を抱える家庭の離婚率は高い。そして、ストレスを抱えているのは主に母親です……そのストレスはとても……とても耐えられるものではありません……福祉国家スウェーデンに住んでいるというのに、私たちはその問題に手を貸せていません。母親たちは何年もストレスに耐えながら、同時に理解のない公務員や学校職員と話をしなくてはならないのです」

会場を出たあとガブリエラは、壊れてしまった10歳の子どもたちの話をした。ある少女はアスペルガー症候群のために、2年間ベッドから出てこなかったと言った。そのせいでアキレス腱(けん)がひしゃげてしまい、歩くことができなくなったそうだ。

彼女たちの弁護を買って出る人はいるのだろうか、と私は考えた。「みんな立ちあがって、よく聴きなさい！」と叫べる人はいるのだろうか？

そんなことができる人は、私の知るかぎりいない。自分自身も含めて。

「政治家たちの主張は……まやかしです」

テレビドラマシリーズ『となりのサインフェルド』で一躍有名になったマンハッタンのレストラン。その上階にある古ぼけたオフィスの数部屋に、NASAが小さな研究部門を設立したのは1960年代だった。新しい研究対象は「温室効果」と呼ばれた。

元NASAゴダード宇宙科学研究所所長のジェイムズ・ハンセンが「地球温暖化は確実に進行している」とアメリカ議会で証言してから、今年の夏（2018年）で30年になる。

ハンセンは1988年6月23日に「温暖化は自然の変動ではなく、大気中の二酸化炭素や他の人工ガスの蓄積によって引き起こされていることは99パーセント確実です」と証言した。

だが、気候・環境運動に関わっている人以外で、彼の話を聞いた人がどれくらいいるだろう。大勢の研究者がこの分野の研究を続けてきたが、その結果や内容に詳しい人が、私たちの中にどれくらいいるだろう？

もし私たちが気候問題を真剣に受けとめれば、ハンセンは世界的有名人になり、ほとんどすべてのノーベル賞は、持続可能性危機に関わった人たちに与えられただろう。

だが、現実はそうではない。

ジェイムズ・ハンセンの予測は不愉快なほど明確だった。それゆえ彼の存在は、歴代大統領から煙たがられ、無視されてきた。パリ協定についてもハンセンは、「絶望的なほど不十分である」として厳しく非難している。元コロンビア大学教授でもある彼は「政治家たちはこぞって自分たちは対策を講じてきたと主張しますが、それはまやかしです」と言う。

そのとおりだ。なにしろハンセンが証言してから30年間、世界中の二酸化炭素排出量はまったく減少していない。反対に68パーセントも増加したのだから。太陽発電や風力発電といった再生可能エネルギー利用は増えたにもかかわらず、世界における化石燃料の利用は１９８８年より多いのだ。

私たちは、いまだに誤った方向に進んでいる。

経済に毒されたこの世界で

世界に広がったMeToo運動は、それまでフェミニストたちが長い時間をかけて削っていた壁の表面にハンマーを振りおろし、割れ目を生み、穴を開けた。

何十年もくぐもっていた声が、突然その穴を通して外へ出て、人々に聞こえるようになった。奇跡でもなければこんなことは起こらないだろうと思われていたのに、それは奇跡でもなんでもなかった。決定的だったのは、「この運動を大々的に記事にしよう」とメディアが決めたことだろう。それですべてが変わった。

環境運動に関わる人たちは、気候についても同様の突破口が開くことを願っている。壁にやすりがけすることなしに。ほんのちょっとずつの進歩を130年も見守ることなしに。私たちには、もう時間がない。どう見ても足りない。2年以内に、革命的な転換が本格化しなければならない。

「劇的な変化が必要だという理解が足りないのです」と、スウェーデンの環境学者ヨハン・ロックストローム教授は言う。

これまで一度も経験したことのない危機の真っただ中に、私たちはいる。でも、それが報道されることは稀だ。

リサーチ会社のSIFOによると、2016年にメディアが扱った政治課題の中で、環境に関するものがいちばん少なかったそうだ。一方、メディア研究所SOMの年次報告によると「気候変動」は国民にとって最大の懸念だという。

気候および持続可能性危機に関するメディアの扱いは、完全に間違っている。人類の運命がかかったテーマだというのに、その報道はせいぜい散発的な記事、お知らせ、特集として現れるだけだ。新聞やニュースサイトによっては、旅行記、ショッピング・ガイド、自動車特集の中で気候問題がふれられるだけの場合もある。大見出しになることはない。ラジオやテレビで討論されても、言葉と言葉がぶつかるだけ。パンフレットが配られることはない。特別報道番組になることもない。緊急会議も開かれない。大衆教育も実施されない。

この世界でなにより大事なのは経済。本来なら危機として対処されるべきものまで、新しい「エコな」経済成長の可能性として扱われる。その計画は、あたかも世界を救うように見えるが、実際には「危険を知らせる報道はたしかに人々に気づきをもたらしますが、そんなことをしたら、みんなすごくびっくりしてしまうかもしれませんね」と言いたいがための戦略にすぎない。「えっ！　気候危機ってこれほど深刻だったの！　どうしたらいいか見当もつかないし、もしそうなら、もうあきらめるしかない！　パリ協定が個人に制限を加えることになるなら、水位が65メートル上がり、生物が大量に絶滅し、紫色の海洋が酸の泡をブクブク出すほうがマシだ。地球が金星みたいになってもかまわないよ」なんていう状況になりかねませんよ、と。

ニュース編集者のみなさんは人を怖がらせたり責めたりしてはいけないし、ありのままを語ってもいけない。そんなことをしたら、これまで進めていた「超一流の気候対策」をやめてしまうから。ニュース編集者のみなさんがご存じのように、かつてないほど大量に生物が絶滅する中、大気中の二酸化炭素濃度は10倍の速さで増加しているけれど、そんなニュースの代わりに、新しいストーリーを語るべきだ――フェイスブックで「いいね」がもらえるようなポジティブなストーリーを。

だが、もうすでに新しいストーリーはあるのだ。私たちにはすでに解決策があり、それが機能することも知っている。そのうえ、その解決策は他の諸問題、たとえば拡大する社会格差、精神疾患、男女の不平等といったことも解決するだろう。

たとえば、非常に強力な二酸化炭素課税。現存する森林の大部分の維持と大量の植林。これらの解決策は、おのずと私たちにペースを落とし、もっとこじんまりと暮らすように要求する。生活を改め、地方に根づき、共同でものごとにあたるようにと要求する。つまり、こうした対策は、地方民主主義からエネルギーや食糧生産の共同所有にまでおよぶのだ。

私たちは協力しなくてはならない。なぜなら共同の問題には共同の解決策が必要だから。毎年、世界中で4兆クローナ（約40兆円）もの補助金が化石燃料に充てられているが、そのお金は風力・太陽光発電にまわすべきだ。この数字は数倍になってもいい。

やろうと思えばできるはずだ。だが、そのためには抜本的な改革が求められる。たとえば、実現するかどうかもわからず、したとしても遅すぎるかもしれない技術開発を待つよりも、これまである技術に投資する。私たちが生活習慣の多くを改め、もう少し質素に暮らすことも必要だ。

問題をつくりだしてきた企業は、その代償を払うべきだ。リスクを承知のうえで気候システムおよび生態系を破壊し、目のくらむような金額を稼いできたのだから。そう、問題をつくりだしてきたのは私たち全員ではない。

だが、この先の世代の生存を守るのは、私たち全員の責任だ。彼らの未来は私たちの手の中にある。

もしも、あなたが技術が世界を救うと信じているのなら、スキーのジャンプ台に立ち、着地点を見下ろすことをお勧めする。目標とするガス排出量カーブは、それほど急激だからだ。このカーブを下向きにして最終的にゼロにする活動は、いますぐにでも始めなくてはならない。その下降曲線はきっと、あらゆる国のあらゆる雑誌の表紙を飾るだろう。実際、私たちの運命はメディアの手の中にあるといってもいい。この時代に、これほど必要とされているものはほかにない。

人間は、危機的状況を危機的状況だと認識せずに解決することはできない。事故に遭遇したことのある人ならわかるだろう。危機に直面すると、普段では出せないパワーが出る。自動車を持ち上げたり、大戦を戦い抜いたり、燃える建物の中を出たり入ったりできる。

つまり、気候の危機そのものが、危機への解決策となるのだ。本当に危機だとわかれば、誰もが習慣や態度を変えずにいられないだろう。

危機にあるとき、人はなんでもできるようになる。

持続可能性を第一目標に掲げる社会になれば、全員が心地よくなる。スピードがゆるやかで、地域に根づいたライフスタイルになれば、ほとんどの人はずっと気分がよくなるはずだ。人類を救う発明品や解決策は、私たちの代では間に合わないかもしれないが、子どもたちにはそれらを開発するチャンスがあるだろう。

次の都会、次の旅行、次の飛行場、次の何かを目指してあくせく動くよりも、ゆったり暮らすほうが、たいていの人の気分はずっとよくなるに違いない。

むなしい言葉

２０１８年７月、選挙運動が始まり、どの政党も突然、気候危機を話題にしだした。それを避けることは、もはや不可能だった。これまでとは比べものにならない乾燥と高温が、何ヵ月も続いたあとだったから。専門家たちが何十年も前から警告していた熱波。作物は収穫できず、地下水は枯れた。

スウェーデン各地で火災が発生した。森林でも泥炭地でも湿地でも。北部のイェリヴァレやヨックモックから南部の草原まで。メディアで数日間、緊急報道が続いただけで人々は気づきはじめた。気候変動の影響をもっとも受けやすい北極圏に国土の６分の１があることの意味を。気候危機は、もはや遠くの出来事ではなくなった——気温はすでに１度上昇しており、私たちはその最前線にいる。

とはいえ、国民の代表者たちはそれを本気では話したがらなかった。原因にせよ結果にせよ、気候に関することを口にした候補者はほとんどいなかった。政治家の目標は選挙に勝つこと。選挙に勝ちたいのなら、真実を語ってはいけない。勝ちたいのなら、国民が聞きたいことを話さなければ。

「気候は現代人の運命を左右する問題です」と、政治家たちは突然発言するようになったが、それは話のついでであり、話の分析の度合は週刊誌に載っている星占いと同程度だった。対策をとるべきは他の国々です――こう言っていれば票が集まる。

私たちのガス排出量の半分は統計に反映されないが、このことを指摘した候補者はいなかった。ご都合主義もはなはだしい。スウェーデンのエコロジカル・フットプリントが世界で10位以内であると語った候補者もいなかった。「サンドヴィーケンからイェヴレ〔訳注：いずれもスウェーデンの都市。距離約25キロメートル〕までのバスのほうが、スウェーデン－ニュージーランド間をビジネスクラスで空路往復するよりもガス排出量が多くなっている」ということにふれた候補者もいなかった。どういうことか？　国際空路は計算に入らないからだ。船便や外国から輸入される商品についても同様だ。

つまり、生産拠点を低賃金国に移すと、合理的な賃金を支払わずにすむだけではなく、膨大な量の二酸化炭素も国内から取り除くことができるのだ。だから政府や大企業は「すでに事態を改善した」と言って、ほかの国々を非難する。本当は工場を中国、ベトナム、インドに押しつけただけなのに。

「彼らの生活基準を引き上げるためには、私たちの産業や私たちとの貿易が必要だ」という主張もある。だが、すでに気温は1・5度も上昇しているのだ。彼らには、ほかのものが必要なのではないか。たとえば安定した居住空間など。

「スウェーデンは小国にすぎません」と政治家たちは言う。「ほかの国々に働きかけるほうがよいのです」。その理論でいくと、私たちは税金を払わなくてもいいということになる。「国全体はこんなに大きい。私が納める金額なんて微々たるものだから、納税なんてやめて、そのぶん私や家族のために使ったほうがいいだろう。まあ、いい人のフリは必要だろうが」。でも、政治家にこの点を批判したジャーナリストはいなかった。

「小国」だというが、小国のコスタリカはプラスチック製品の使い捨て禁止を決定した。この国ではプラスチック製品は何百回も再利用される。これに言及したジャーナリストもいなかった。世界はポジティブな事例に飢えているのではなかったのか？　人々は希望に飢えているのではなかったのか？　全員の最善につながるよう、何かを禁止し制限する。そこには希望がある。小国コスタリカが先鞭（せんべん）をつけ、他の国々があとに続いた。その中には大国インドもいる。

もちろん、スウェーデンにもこの問題に取り組む見識ある政治家はいるが、声が小さすぎて広がらない。理解の程度に差がありすぎて、討論をまともにできない。理解度が117点の人々がいる一方、ほとんどの人の理解度は2点にもなっていないのだ。

ロスリング家の3人が書いた『ファクトフルネス』（日経BP社）は素晴らしい本だが、気候および持続可能性の危機については差し迫った問題として扱われていない。

「でも、地球温暖化を気にかけるならなおさら、ありそうもないシナリオを取り上げて人々を恐がらせるのはやめたほうがいい。ほとんどの人は地球が温暖化していることを認めている。ことさらに強調しても、すでに開いた扉を蹴破ろうとするようなものだ。これからは、問題解決に向けて行動することに力を注いだほうがいい。恐れと焦りに動かされるより、データと客観的な分析に基づいて行動すべきだ」［訳注：邦訳第10章「焦り本能」より引用］

世界でも高く評価されている現代の大衆教育者3人がこう書いているのだ。多くの編集長、政治家、意思決定者あるいは産業界代表者も似たような考えだ。これが主流であり、一般に流布しているイメージなのだ。

だが、それは正しいのか？　環境保護団体や気候の専門家が広めている情報が間違っているのか？　何千人もの研究者たちはたんに恐がらせたいだけなのか？　そして何より、私たちはあわてる必要などないのか？　もっと冷静に分析をしたほうがいいのか？　もしかしたら、変化があまりにも速すぎるせいで、私たちには情報を受け入れる余裕がなくなっているのだろうか？　大気中の二酸化炭素濃度について次々に伝えられる小さな情報の数々が、私たち一人ひとりを揺さぶっている。

国や企業の権力者が牛耳（ぎゅうじ）るこの文化のもとでは、気候問題をシステム欠陥の現れだと発言する人はほぼ皆無だ。気候問題はただの自然現象であり、問題は新発明つまり新しい製品で解決できると主張する。そして、これに反対する研究があれば、別の人に調査や研究を依頼し、大衆の耳に心地よい結果を発表させる。それが繰り返される。著(いちじる)しく危険な展開だ。

「私たちは人生の終盤に、『脅威を目にしたときにそれを解決した』と、孫の目を見て語ることができるでしょうか？　それとも、知っていながら何もしなかったと言うのでしょうか？」。2018年のアルメダーレン政治集会週間の締めくくりに、スウェーデンの副首相はこう述べた。私たちにとってこの社会観はなじみがないはずだが、質問をぶつけた人は誰もいなかった。

もし、私たちが現在の行為の結果や、これからも続けるであろう行為の結果を知っているとしたら……私たちにとって、「知っている」ことの意味はなんだろう？

「問題を認めている」人たちにとって、「認めている」ことの意味はどこにあるのだろう？

「みんなと違う」は素晴らしい！

私は現実的なことはなにひとつできない。どうしようもない人間だ。

20歳のとき、パンにプラスチックの蓋（ふた）をかぶせてオーブンで温めようとしたことがある。インターネットバンクにログインできないので、請求書の支払いもできない。長い「やることリスト」を書いておかないと、とんでもないことになってしまう。すぐに、やらずにはいられないことに没頭してしまうからだ。歌手になっていなければ、私はただの役立たずだっただろう。

現代社会では、広く浅く知っていることを求められる。おまけに社交的でなければならない。研究者レベルの知識を持っていたとしても、口頭でうまく説明できなければ、中学校すら卒業させてもらえないかもしれない。

こんな世の中では、ある特定の分野に秀（ひい）でていても、自分が興味を持てないことをする能力に欠けている人はどうなるのか？　生まれつきシャイな性格の人はどうなるのか？　人前で話すと体調が悪くなる人、ソーシャルスキルを欠く人はどうなるのか？

多数派と違いすぎる人は、学校でも生き残れないし、繊細さや聞く力や共感が必要な仕事にも就けないだろう。

私たちは大切なものを危機にさらしていないだろうか。自分が自分であることは芸術の基礎だ。芸術がなければ、人も社会もじわじわと、粉々に壊れてしまうだろう。

だから、私たちは変えなくてはならない。

3人で、第一人者に気候問題を学ぶ

グレタ、スヴァンテと私は、ウプサラ大学の地球科学研究所CEMUS（環境・開発研究センター）でケヴィン・アンダーソンとその同僚イサク・ストッダードに会った。ふたりとは、以前から知り合いだった。この1年前、私たちは共同で、日刊紙ダーゲンス・ニューヘーテルに意見記事を書いた。執筆者はほかにビョルン・フェリ［訳注：バイアスロンのオリンピック金メダリスト］、その妻であるハイディ・アンデション［訳注：腕相撲の世界チャンピオン］、スタッファン・リンドベリ［訳注：音楽家］、そして気象予報士のマッティン・ヘードベリなどがいた。この記事で私たちは、飛行機に乗るのをやめて地上にとどまる決意を述べ、数ヵ月後にメディアが飛行機と気候に関する議論を始めるきっかけとなった。

ウプサラでは数週間雨が降っておらず、芝生（しばふ）は初夏の太陽に焼かれて茶色くなっていた。ケヴィンは、夜あまりに暑いので家の窓を「まるでギリシャにいるみたいに」開けて眠っていると話した。淹（い）れたてのコーヒーとオート（燕麦（えんばく））ミルクをカップに注ぎ、私たちはソファと本棚がある小会議室に腰をおろした。ケヴィンはお茶を飲んでいる。

「まず最初に」と携帯電話の録音をタップしながらスヴァンテが言った。「スウェーデンのような国は、二酸化炭素排出量をどれくらい引き下げなくてはならないのか。その数字にはばらつきがあります。あなたがた研究者は10～15パーセントと言い、政治家や環境保護庁は5～8パーセントと言っています。なぜこうも違うのでしょう？」

「理由はいくつかあります。5～8パーセントという数字は、たとえば国際航空、国際船舶そして外国でつくられた製品を含んでいません」とケヴィンは説明を始めた。早口だが明瞭、これほど説得力を持って話す人に、私たちはほとんど会ったことがない。

「それから、スウェーデンのような産業国の数字には、貧しい国々への公平性の視点がまったく欠けています。パリ協定や京都議定書では、公平な視点でガス排出量を減らすようにと義務づけられているのに、すっかり無視しているのです。

しかし、もっとも重要なことは、排出量削減モデルが、二酸化炭素除去技術（ネガティブ・エミッション）、つまり、まだ開発されていない技術に過剰に依拠（いきょ）しているということです。現在使われているすべての気候モデルで、これが機能すると語った研究者はひとりもいません。奇妙に聞こえるかもしれませんが、つい2年前まで、この事実を知る研究者は多くなかったのです。まだ開発されてもいない技術が、ごく一部ではなく、すべての未来計算に含まれていると知って驚いた同僚は多いですよ」

私は静かに座り、ノートをとるのもスヴァンテに任せた。気候問題の専門家と話すとき、私はもっぱら聴くことにしている。そのほうが多くを学べるからでもあるが、どちらかというと、話に夢中になるあまり、とんちんかんなことを言うのを恐れているからだ。

「イサクと私の計算では、スウェーデンのような富裕国はいますぐに、年間排出量を少なくとも10～15パーセント削減しはじめなくてはなりません。2度目標を達成するためには、2025年には排出量の75パーセント削減が必至だからです。その後、2035～2040年には排出量実質ゼロを実現する必要がある。つまり、空路、船便、および全輸送をゼロまで引き下げる必要があるということです」

一瞬、部屋にいる全員が顔を見合わせた。政財界には、いわゆる「緑の転換」を好んで口にする人たちがいるが、いまのケヴィンの話は、それとはかけ離れていた。

「計算では、現在の排出割合のままだと私たちに残された時間はあと6～12年です。ただし、これは外国で生産された製品を計算に入れていません。それを含めると、残された時間はさらに短くなります」とケヴィンは続けた。「私は講演の締めくくりに、持続可能な未来を目指すアメリカの活動家アレックス・ステッフェンの言葉をよく引用します。『のろのろとした勝利は敗北に等しい』。まさにこのとおりで、私たちにはもう時間がありません。転換は、いますぐ始めるべきです」

スウェーデンでは最近、政策決定者たちが大いに喜び自慢している気候法が施行された。だが、ケヴィンもイサクも大して感動していなかった。「スウェーデン気候法は、ただちに見直すべきです」とケヴィンは言った。「なによりもまず、炭素予算（カーボン・バジェット）［訳注：気候変動による気温上昇を抑えるために温室効果ガスの累積排出量の上限を決めるもの］が欠けています。それからパリ協定の内容に沿った、貧しい国への公正な視点もありません。それらの国々には、まだ十分な福祉やインフラが備わっていない。未来予測や気候法にはこの視点が必要です。そしてもちろん、正確な予測をするためには、国際航空や国際船舶も計算に含めなくてはなりません」

ケヴィンは昨冬に王立科学アカデミーで講演をしたとき、ヴィクトリア王女を含む聴衆に対し、「これから私の話を聴くと、みなさんの体調が悪くなるかもしれません」と最初に警告した。彼の研究内容は、それほど信じがたいのだ。私たちも2、3年前なら彼らの話を聴くのに覚悟が必要だっただろう。

「過去30年間で、人類は気候変動について必要な知識は全部入手しました。けれどもこの間、問題解決にはまったく動きださなかった。スウェーデンのような先進的な国でさえ何もしませんでした。もし、国際航空、国際船舶、外国産の製品を計算に含めれば、スウェーデンのガス排出量は、1992年にリオデジャネイロで行なわれた国連初の気候会議のレベルのままです。私たちは経済に主導権を握らせてしまった。人々は、必要なことは実行されているとだまされています。実際には、世界中の先進国の政策を見てまわっても、何が必要だったのか思い出せない始末です。やるべきことをすぐにやっていれば、気候問題はこれほど大きくならなかったでしょう。新技術や経済の方向転換で解決できていたはずです。でも私たちは30年も嘘とおしゃべりを続け、システム変更に必要な時間を無駄に費やしてしまった。今日の経済モデルでは、気候危機を解決することはできないでしょう。持続可能性危機ですら、解決は無理でしょう。だから経済モデルを変える必要があるのです」。ソファに座っていたケヴィンは、ここで姿勢を変えた。会議室の家具はどれも擦り切れ、互いにちぐはぐだ。ソファも蚤の市で買ってきたように見える。

「しかし希望はあります。多くの指標が、システム変更は可能だと示唆しています。これまでの社会変化はいいものばかりではありませんが、その兆しはあります。金融危機、アラブの春、コービン、トランプ、バーニー・サンダース、再生可能エネルギーの価格、ディーゼルとガソリンが人体に与える影響に関する議論……」

「そしてMeToo運動」と私がつけ加えた。

「そのとおり」とケヴィン。「社会の大きな変化は、きっとすぐに起きるでしょう。これには大いに希望が持てます」

私はグレタに上半身を寄せ、彼女の計画をここで話してもいいか尋ねた。彼女はうなずいた。

「8月に新学期が始まったら、グレタは国会議事堂の前で学校ストライキをする予定なんです。総選挙が終わるまで毎日座りこむそうです」

ケヴィンとイサクの顔が輝いた。まるで、これまで聞いたこともない朗報に接したように。

「その座りこみは、どれくらい続けるつもりかな？」とケヴィンが質問した。

「3週間」グレタが消え入りそうな声で言った。

「3週間!?」とイサクが加わった。

そのとおりです、とグレタは表情で答えた。

「何人かの政治家に聞かせたいですね」とケヴィンがうれしそうに言った。

「グレタはこのアイデアを、スウェーデン版ゼロ・アワーを始めようという電話会議で得たそうです。ゼロ・アワーというのはアメリカの新しい運動で、子どもたちが、気候危機に対し何もしない政治家に質問をぶつけるんです」とスヴァンテが説明した。「でもグレタは、ただ抗議するだけでは不十分で、なんらかの市民的不服従が必要だと考えています。少しばかり法にふれるようなことを。そうだろう、グレタ?」

スヴァンテは、いつもグレタの考えを代弁するときのように聞いた。彼女の緘黙症が発言をじゃましていたから。グレタはうなずいた。

「でも、それなら全部ひとりでやらなくては。私たちは手助けできません」とスヴァンテ。

「気候問題については、グレタのほうがスヴァンテや私よりもずっとよく知っているんですよ」と私はつけ加えた。「私たちが気候危機に目を向けるようになったのは、娘たちのおかげなんです。私たちの目を開かせてくれたんです。娘たちがいなければ、私たちはこれほど熱心に活動していなかったでしょう」

「よくやった、グレタ」とケヴィンとイサクが口々に言った。

グレタの瞳がキラキラ輝いた。このとき、まさに何かが始まろうとしていた。

みなが一瞬沈黙した。それぞれの考えが部屋に広がる。窓辺の椅子に座るこの目立たない少女が、たったひとりでスポットライトに身を投げようとしている。自分の言葉と知識だけで、現在の世界秩序に疑問をぶつけようとしている……。

人類を持続可能性危機から救いだそうと、不可能なことに挑戦するクレイジーな人たちを私は愛している。だが、それが自分の子どもとなると話は別だ。私はとうてい積極的にはなれず、自分が決めてもいいのならノーと言っただろう。だが、8月はまだ先だ。

数年前、ケヴィンはロンドンで開かれた気候会議への出席を拒（こば）んだことがある。参加者全員にカーボン・オフセットが義務づけられたからだ。彼は、カーボン・オフセットは百害あって一利なしだと信じている。この制度が社会に発しているシグナルは〝この方法で、私たちが排出した二酸化炭素を回収できますよ。排出がなかったことになりますよ〟だと。

「では、カーボン・オフセットは間違いなのでしょうか?」とスヴァンテが質問した。「いったん排出したガスを、ほかの行為で埋め合わせることはできないのでしょうか?」

「できません。まず第一に、飛行機に乗ることは、航空会社に対し〝そのまま経営を続けなさい〟という明確なメッセージを送るのと同じです。会社はさらに飛行機を購入し、空港を拡大するでしょう。これがいま、世界中で起こっていることなのです。航空会社は新機種の注文を続け、座席数は拡大します。飛行機に乗ってしまうと、政治家に対し鉄道に投資するよう圧力がかけられなくなります。

第二に、大気中に大量の二酸化炭素をまき散らすことになり、そのツケは数千年後にやってきます。インドの貧しい村々のために太陽電池を買ってあげたとしても、それは消失しません。だからといって、インドの貧しい村々のために太陽電池を買う必要がないと言っているわけではないですよ。植林も同じで、生態系にいい影響を与えるのであれば植林すべきです。土壌と植林とガス排出の関係はじつに複雑で、わかっていることはまだ少ないのです。

けれども、飛行機に乗ることとハンバーガーを食べることは必要はありません。カーボン・オフセットとは、貧しい人たちにお金を払って、私たちのためにダイエットしてくださいと言っているようなものなのです」

オフレコでしか話さない人たち

大学構内で数時間過ごしたあと、私たちはすぐ近くの熱帯植物温室がある庭園まで歩き、カフェでランチを食べた。暑さのなか、やっとボウルの水をもらえたロキシーは、それをがぶがぶ飲んだあと、テーブルの下に入って落ち着いた。私たちはヴィーガン・ランチを注文し、グレタはガラス容器に豆パスタを入れた。帰宅途中の車内で食べるのだ。

「私も毎日ほとんど同じものを食べてるよ」とケヴィンはグレタに話しかけた。「もっぱらブロッコリとパンで生活してるんだ。そのほうが簡単で便利だと言うと、冗談だと思われるようだけどね。おまけにブロッコリとパンは私の大好物だし」

グレタはかすかにうなずいた。ケヴィンは冗談めかしてそう言いながら、グレタへの共感を表そうとしていた。

ケヴィンは社交的で感じのよいイギリス人だ。おもしろいしオープンだし思慮深い。私たちは、グレタが小さかったときに滞在したイギリスのルイスの話をした。そして、私が子ども時代に滞在したホイットビーの修道院の話も。英語で話すときは、スウェーデン語を話すときとは別人になってしまう。

「ぜひダールハラ［訳注：マレーナが夏のコンサートをする場所］にも来てください」と私たちが言うと、ウプサラからどれくらいかとケヴィンが尋ねた。「200キロか250キロ？」と答えると、「あなたなら自転車で行けますよ」とイサクが言った。このひとことで私たちは、ケヴィンが優秀なサイクリストだと理解した。

「気候危機の影響や生活を変えることの話になると友情が試される」という話をしたとき、ケヴィンは大きな問題になったことはないと語った。「気候危機否定論者や懐疑論者（かいぎろんじゃ）に対して腹が立ったことはありません。政治家や政策決定者に会っても、それほどいらつきませんね。私を怒らせるのは、科学的事実を多少でも故意にゆがめる他の研究者たちです。そうやって、自分たちを煽動者に見えないようにしているのです。これには心底怒っています」

ケヴィンが壇上で話すのを見ると、彼が怒りを抱えていることがわかる。だが、その怒りはけっして表には出さない。情熱的とか客観的、説得力があるという形容のほうが彼には似合う。声にも怒りの痕跡（こんせき）が感じられるが、冷静さはけっして失わない。

「『科学者は政治に関わってはいけない』と言ってくる人たちもいます」とケヴィンは続ける。「でも私は、それは逆だと信じています。沈黙を選ぶ人ほど政治的なのだ、と。なぜならその沈黙は、そのままでいいという強烈なメッセージだから。彼らは現状維持を支持しているのです。研究者の中には、われわれのメッセージが現代の政治経済システムの中で機能するのは無理だから、もっと現実的にものを言うべきだと言う人も多い。しかし、私はこれも間違っているると思います。気候研究に従事する者は、ただの気候学者なのです。私たちの任務は気候に関する事実を提示し、説明することです。私たちは政治や社会問題の専門家ではありません。政治に私たちの仕事の舵(かじ)とりをさせてはいけません。つまり、私たちの研究結果を社会がどう受けとめるかを、政治に決めさせてはならないのです。私たちの任務は研究し、事実を社会に提供することなのですから」

食事が終わり、私たちはトレイを返却した。食べ残しの3切れのパンを見たロキシーはそれに突進し、途中で水が入ったボウルをひっくり返した。

ケヴィンは、アメリカ議会でのジェイムズ・ハンセンの証言や、リオデジャネイロでの第一回国連気候会議についてふたたびふれ、多くの研究仲間の歯切れの悪さを語った。

「私たちは1992年のリオ会議以後に、この仕事を始めました。当時、問題は解決できるという大きな楽観が漂っていました。その雰囲気がまだ残っているんです。楽観するのも、当時は当然でしたが、その後何年経ってもなんの変化も起こらず、問題は山積み、状況は悪化するだけ。なのに、まだ楽観しているのです。多くの研究者はゆでガエルになってしまいました。いつになったら鍋の外に飛びだすのでしょうか？」［訳注：ゆでガエルとは、カエルを熱湯に入れれば飛びだすが、水からだんだん水温を上げると気づかず死ぬ、つまり変化に対応できず手遅れになること］

「でも、それも変わりはじめているのでしょう？」とスヴァンテが質問した。

「ええ、以前の研究予想よりも気候変動のスピードがずっと速くなっているので、ものを言う研究者がだいぶ増えてきました。とはいえ、変化はまだゆっくりで、研究者が公的な場で発言するときは、メッセージをソフトにすることが多い。彼らと一緒にビールを飲めば、状況のひどさを率直に語ってくれるでしょうが、口元にマイクを突きつけられると、気候変動に関する楽観的なたわごとを言ってしまうのです」

私たちはリンゴの木の陰を離れ、太陽が焼けつく街中を歩いた。その道すがら、スヴァンテはケヴィンとイサクに、メディアや公共放送から番組づくりに協力してほしいという要請がどれくらいあるかを尋ねた。もちろん、私たちは気候関連の番組になるとSVTがつれない態度をとることを知っていたが、それでも尋ねたかったのだ――2018年を象徴するドキュメンタリー番組がつくれないものかと。

じつは以前から私たちは、いくつかの番組企画を売りこんでいた。スウェーデンでもっとも売れっ子のテレビ・プロデューサーからは協力をとりつけたものの、テレビ局には乗り気になってもらえなかった。

何年も前から、ケヴィン・アンダーソンという気候学の世界的な第一人者が、一年に数ヵ月ウプサラで研究しているのだ。当然、SVTやTV4［訳注：民放大手］はこの機会を利用し、スウェーデン人を震えあがらせる番組をつくるべきだと思うのだが、ケヴィンの答えはやはりノーだった。テレビ局からの問い合わせは皆無だという。「それでもケヴィンがここに来てからは、メディアの関心は急速に増えたみたいですよ」とイサク。「ラジオ、新聞、それから地方テレビからの問い合わせはよくありますし、番組や記事にも協力しましたし」

「では、『ラポット』や『アクチュエルト』〔訳注：いずれもＳＶＴの主要報道番組〕やＴＶ４ニュースにはどれくらい登場しましたか？」

「ゼロです」とイサクが答えた。

「それらの番組から協力してほしいという依頼は？」

「それもゼロです」

「ダーゲンス・ニューヘーテルやスヴェンスカ・ダーグブラーデット〔訳注：いずれも大手日刊紙〕からのインタビューの申しこみは？」

イサクは苦笑いしたあと、やはりかぶりを振りながら三度目の答えを言った。

「ゼロです」

ストックホルムへ戻る電気自動車の中で、私たちは「あの質問をするのを忘れた、この質問もするんだった」と話し合った。だが実際、そんなことはどうでもいいのだ。

ケヴィン・アンダーソンのそばにいると、暗澹（あんたん）とした気分になることがない。冷静になり、希望を持つことができる。そして確たる行動力が湧いてくる。

「スター」が未来を書き換える

いつか、私たちが地上から消えるときが来るだろう。子どもたちも孫もそのまた子どもたちも、ここにいなくなるときが来るだろう。どんなに重要な人物であっても、愛されていても、嫌われていても、遅かれ早かれ誰もが忘却のかなたへ旅立つ。そう考えるとつらくなる。最終的に重要なのは私たちの体験や善行や人道的行為だけではないことに気づくと、もっとつらくなる。私たちが受けた健全で人道的な教育には、エコロジカル・フットプリントが欠けていたとわかって……。

私たちが消え失せ、忘れ去られるときがきっと来るだろう。私たちの痕跡として残るのは、あらゆるところにある温室効果ガスだけ。知ってか知らずか、私たちが大気中にまき散らしつづけてきたものだ。出勤途上で。大型スーパーマーケットの中で。H&Mの店内で。あるいは、テレビ出演のために東京へ行く途中で。

ある種の温室効果ガスは、上空を何千年も浮遊するだろう。また、ある種の温室効果ガスは、草木に吸収されるだろう。ある種の温室効果ガスは、まだ発明されていない新たな装置や画期的理論を使って、回収され地中に埋められるかもしれない。

ひょっとしたら、海洋掃除機がもう発明されているかもしれない。二酸化炭素をたっぷり吸いこんだ海の水をきれいにする、夢のような機械。これはどうしても必要だと言われている。二酸化炭素排出量の40パーセントは海に吸収され、海洋酸性化を引き起こすからだ。海洋酸性化は、地表上空の空気層で生じる温室効果よりはるかに危険だとされている。

新技術があれば、私たちは生きのびることができるだろう――だが、それはきっと私たちの想像とは違う方法のはずだ。なぜなら、私たちが残した生態系への足跡から生きのびられる人は、ごく限られているだろうから。

もし、この話があまりに重くて絶望的だと感じるのなら、覚えておいてほしい。未来地図を描きはじめるのに必要なのは、たったひとりの卓越したスターなのだと。有名人の影響力については議論があるが、現状ではそれしか可能性はなさそうだ。私たちには時間がない。現代のような「つながる世界」の利点は、たったひとりのスーパースターがゼロ排出を目指して奮闘することで、状況が大きく変わっていくところにある。そのスターが、完全菜食主義（ヴィーガニズム）、飛行機の拒否、屋上の太陽電池など、変えられることはあるという印象を与えることで。

システムは個人では変えられない。だが、たったひとりの声でも、大きな運動につながる連鎖反応を起こすことは可能なのだ――もしその声が十分強いのなら。

IV やること すべてに 意味がある

しかし、人間は自然の一部である。
自然に対する人間の闘いは、
必然的に人間への闘いとなる。
——レイチェル・カーソン

グレタとベアタ（左）。ストックホルムのデモで（2019年）

グレタとスヴァンテ、旅に出る

ルレオ（スウェーデン北部の都市）は暑い。本当に暑い。スヴァンテは額の汗をぬぐい、シャツに空気を入れ、わざとらしく大きく息を吐いた。だがホテルのフロントの女性は、そんな無言のコメントに同意する気はなかった。

「こんな北の地がやっと暑くなったんだから、愚痴なんて聞きたくないわね」

天候よりほかに重要なことがあるとでも言いたげに、女性は返事をした。

「もちろんですよ」とスヴァンテは言いながら、カードリーダーに暗証番号を打ちこんだ。無理に争わなくてもいいのだから。

グレタはロキシーとホテルの外で待っていた。ふたりは一緒に荷物を電気自動車まで運んだ。スヴァンテは、電子レンジ、電磁調理器そしてグレタが食べられそうな2週間分の食料が入ったバッグを持ちあげた。そのあと、ロキシーが座席に飛び乗り、グレタがカーナビに目的地を入力すると、車は駐車場を離れた。

「目的地の20キロ前でバッテリーが切れるみたい」とグレタが知らせる。

「だけど、今日はバッテリーだけで走ってみたいんだ」とスヴァンテ。「ゆっくり走って電力消費を最小にしたら、どこまで行けるかやってみよう」

車は欧州自動車道4号線を走り、カーリックスまで着くと、そこからイェリヴァレのほうへ向かって北上した。

時速80キロで走る窓の外に夏の景色が広がる。数年前に見たときは、木々と手つかずの自然の大地があったが、いまは木をいっせいに切り倒した土地と農園と単作(モノカルチャー)が、大地の多様性と回復力を奪っている。

グレタは本当は電車で移動したかった。たとえ電気自動車であっても、自家用車は持続可能ではないからだ。だが、摂食障がいと強迫性障がいのせいで、鉄道旅行は不可能だった。それでも、数ヵ月前までは旅行に出ることさえ考えられなかったのだから、これは大きな前進だ。春以後、グレタのエネルギーは毎日少しずつ増してきた。この春、グレタは日刊紙スヴェンスカ・ダーグブラーデットの作文コンテストに応募した。学校ストライキの計画も立てはじめた。

車窓に次々現れる農場は、どこも27度の暑さにおおわれている。捨てられた農場もあれば、廃車のたまり場になっている農場もあった。自家用車、トラクター、キャンピングカー、スノーモービル、除雪機、原付そしてモーターバイク。農場に入る道のふたつにひとつは、車の博物館になれそうだ。だが、道路を少し離れると、昔ながらの風景――痩(や)せた土地に建つ小さな赤い家が見えてきた。

ふたりはナオミ・クラインの『これがすべてを変える』（岩波書店）のオーディオブックを聴

き、ときどきそれを止めては内容を話し合った。そうやって、聴いては話すを繰り返した。

低木や若木の茂みと松林の緑が、北極圏近くまで伸びている。エキゾチックな白い看板が、ここが「栽培限界」だと示していた。道路はほぼ直線で閑散としている。延々と同じ。ボスニア湾から遠ざかるにつれ、痩せた木がゆっくりと縮んだ。松の木々からは黒くて細長いものが垂れさがっている。グレタは写真を撮って「これで、明日の朝、誰かにあれが何かを質問できるね」と言った。

バッテリーの残量で走れる距離は、どんどん延びていった。「それでもキルナで停まって充電しなくちゃ。パンと野菜も買わないとだめだろう？」

「うん」とグレタが答えた。


キルナの生協には「ノールボッテン地方の環境促進キャンペーン」という看板が誇らしげに出ていたが、広大な駐車場には、いちばん隅っこに充電器が2台あるだけ。しかも1台は故障中だった。1時間かけてようやく50キロ分の充電をすませると、ふたりは小さな森へ向かった。ロキシーはそこで走りまわり、自然のにおいを嗅いだ。

キルナもルレオと同じくらい暑かった。排気ガス、バーベキュー、刈りたての芝生のにおい。彼らはバーガーキングでトイレを借りた。大盛りのトレイを持つ人たちのあいだを通り抜ける。テーブルには、コカコーラ、フライドポテトが満載。こぼれたドリンクとケチャップのせいで床はネバネバだった。

そのあと、グレタとスヴァンテはショッピングセンターで必要なものを買い、ドライブを続けた。ラジオでは、ベアタが大好きなイマジン・ドラゴンズ［訳注：アメリカのオルタナティブ・ロック・バンド］の『Whatever It Takes』が流れている。スヴァンテはベアタを想って、少し胸が痛んだ。あの子もここにいればよかったのに。なんでも家族一緒にできればいいのに……。

鉱山の向こうには、森林限界［訳注：これ以上は森林の生育が不可能な境界線］を超えた山々が見え隠れした。かつては手つかずだったその自然は、いまは人間によって開発された。スヴァンテは、キルナの新しい中心街予定地を見つけようとしたが、まったくわからなかった。右手に大きな芝生の丘と、建築家ラルフ・アースキン設計の集合住宅がいくつか見えた。

「たぶん、あの丘の向こうに新しい街をつくるつもりなんだろうな」とスヴァンテは言った。「明らかに安全じゃないから、街の大部分はすでに移転してしまった。教会、市役所、ホットドック屋。鉱

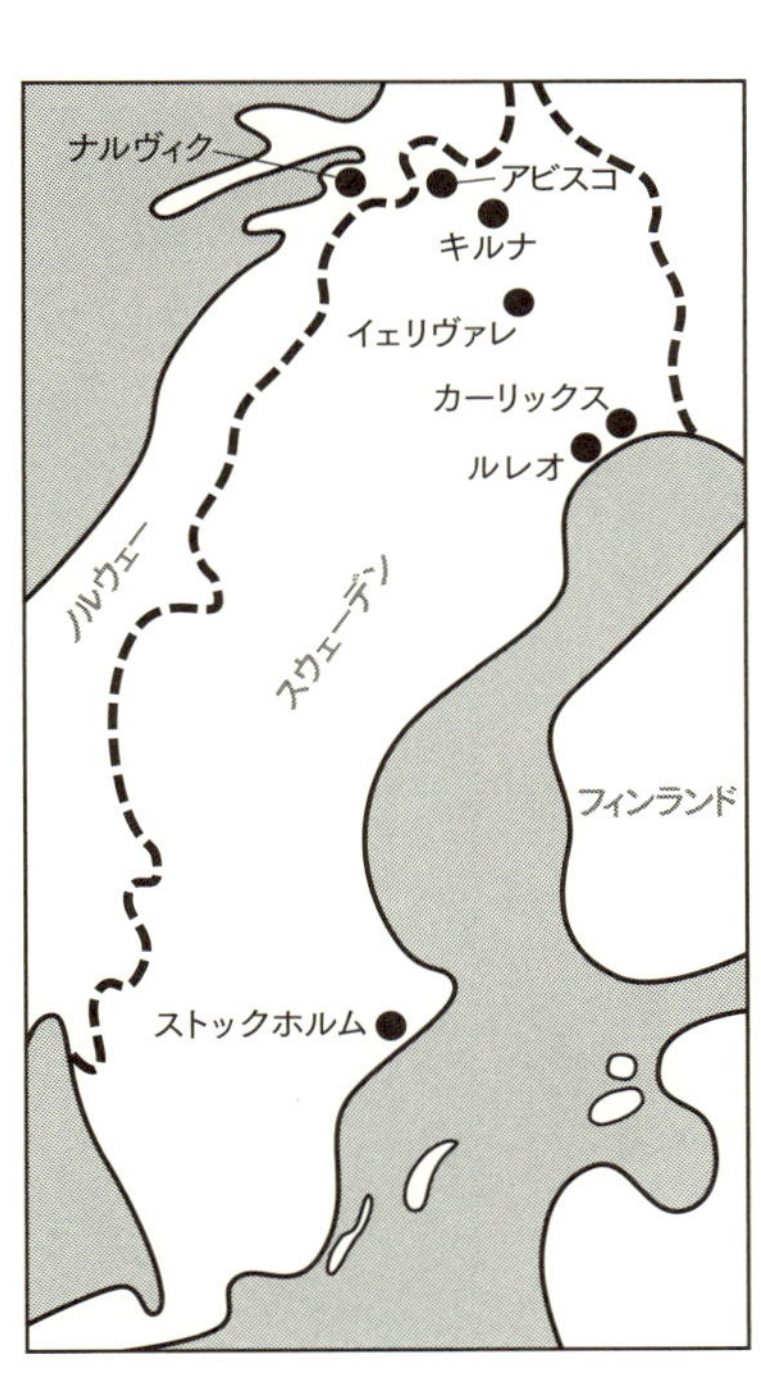

脈がどんどん掘られ、膨大な量の鉄鉱石が採掘された。地面はいつ陥没(かんぼつ)してもおかしくない。だから鉱山開発会社が移転費は全額払うと言っているわけだ」

「でも、それって、彼らがすべき最低限のことだよね」とグレタ。

「そうとも、鉱業は非営利企業じゃないからな」と言って、スヴァンテはナオミ・クラインを再生した。車は鉄鉱石鉄道(マルムバーナン)に沿って北西に走ったが、数キロ進んだところで、トナカイの群れの中で立ち往生(おうじょう)してしまった。グレタはひび割れた携帯電話を取りだして、写真を撮った。その携帯電話は、1年間インガレーの別荘に住んでいた難民申請家族のWi-Fiルーターとして活躍したものだ。

ふたりがいるのは別世界だった。ここでは、自動車が動物に合わせなくてはならない。やがて、電気自動車はトナカイを避けるようにゆっくり発進し、トーネ湖を目指して平野を進みつづけた。

グレタの実力

スヴァンテは、どうしても質問に答えたかった。ヨーロッパ各地から集まった約20名の大学生に混じって、自分はこのアビスコ［訳注：ノルウェーとの国境に近い町。国立公園がある］の極地研究所の教室に座るだけの知識があるのだということを、ぜひ見せたかった。だが、質問は難しかった。

「太陽電池の変換効率はどれくらいですか？」

参加者はみな持続可能性、生態学、生物学あるいは気候について研究しているというのに、誰も答えられなかった。スヴァンテも自信はなかったが、いちかばちか答えてみようと思い、傾斜や温度について考えた。すると驚いたことに、ウメオ大学で進化生態学を研究するキース・ラーソンが、スヴァンテとグレタが座る机を指さした。ロキシーはグレタの椅子の下で眠っている。スヴァンテは、自分がドキドキしているのを感じた。そこでチラリとグレタを見ると、なんと手を上げていた。

「16パーセント」。彼女は大きな声で、英語で、はっきりと答えた。家族や教師のアニータ以外の前で、自分から率先して話すグレタを見るのは数年ぶりだった。何が起こっているのか、彼にはわからなかった。「16パーセント」という数字の根拠については、もっとわからなかった。だが、黒板の前に立つキース・ラーソンは「そのとおり！」とうれしそうに言った。

プロジェクター・スクリーンの前で講義が続くあいだ、ヨーロッパ各地から集まった学生たちは少し不安そうに、そして驚いたようにグレタを見ていた。

しばらくすると、観測ステーションの屋上に場所を移し、変化のスピードは80年代末から速まりはじめたとキースが説明した。その後は加速しつづけている、とも。「北極圏の雪、氷、氷河が変化の進行を遅らせていましたが、それらが溶けはじめると、変化の速度はどんどん速まりました」

キースはアメリカ人だが、最近では一年中、世界最古にして現在も使われている研究所に住んでいる。そこは鉄鉱石鉄道とともに建設された、ユニークな研究の拠点だ。彼はヌオリヤ山の斜面に沿って、１００年前とまったく同じ地点で植生の観察を行なうという研究を続けている。研究結果はまだ明らかではないが、大きな変化はすでに現れている。

「世界中の傾向と同じく、ここでも気温は上昇しています。ただ、極地に近いほどその変化は大きい。森林限界は山を登り、そのあとに低木が続き、高山植物の環境は縮小しています。つまり気温が上がれば、以前は寒すぎて成長できなかった場所でも、木々や茂みが育つようになるのです。ここアビスコでは、専門知識がない人でも変化がはっきりとわかる。あの低木帯を見てください。いまは１００年前の４倍も大きくなっています」

キースは、最大の問題は高山植物帯が縮小していくことだと話した。木々の上昇とともに登ってきた動物、昆虫、植物に高山植物が追い払われ、やがては移動できる場所がなくなってしまう。するとバランスが崩れ、生存条件が変わる。

「ヌオリヤ山の森林限界を見れば、それが稜線(りょうせん)を登ってきたことがわかるはずです。世界中で同様の現象が起こっています。スキー場ができたので、トナカイはあのあたりの草をはむことができなくなりましたが、トナカイが草をはむことができたとしても、結果はほぼ同じだったでしょう」。そう言って彼は山を指さした。黒い屋上は暑かったので、彼らは地上に降り、木陰に入って話すことにした。だが、そこを離れる前にキースは山を指さし、もっともショッキングな変化について話した。

「50年前の森林限界は、100年前にフリース［訳注：トーレ・フリース。植物学者］が研究したときと同じでした。しかし、それがどんどん上昇し、いまは稜線沿いに230メートルも上がっています」

「230メートルも?」とスヴァンテが繰り返すと、「そうです、230メートルです」とキースが答えた。「これが北極圏の最前線なのです。先ほども言ったように、ここでは変化が非常に速い。独特の環境のもと、驚くような事象が多々発生している。それなのに、スウェーデンやアビスコで研究しようという科学者が多くないことに私は驚いています」

翌朝、４人のドイツ人学生が、１９１６～１９年にフリースが観測したのと同じルートでデータを集めると言うので、グレタとスヴァンテもロキシーを連れて一緒に行くことにした。「こんな詳細な研究が現在でも保存されていて、１００年後の研究にも活用できるなんてすごい。まるでタイムマシンみたいだ」と学生たちは言った。

彼らは山の頂上付近から順次、観測装置を小道に設置し、ｉＰａｄに入力した。

グレタとスヴァンテは少し離れてついていった。どこまでも見渡せる景色は息をのむ美しさだ。トーネ湖、荒涼とした高山の世界、そして、けっして休むことのない鉄鉱石鉄道。ノルウェーのナルヴィクを目指して、上り坂で奮闘する列車の姿が遠くに見える。ここの鉄鉱石は、輸出港、貨物船、輸入港、そして世界中でその到来を待つ産業へと運ばれるのだ。

山頂付近は晩冬のようだったが、くだるにつれ春のようになり、花が咲き、小川が流れた。施設のある低木帯では夏になった。

ランチの時間、グレタはみんなから数メートル離れて座った。それから、ゆでた豆パスタの入ったガラス容器と自分のフォークを取りだすと、誰にもわからないように大きく、ひと呼吸した。そして、食べはじめた。

それまで4年近く、彼女は知らない人たちと一緒に食事をしたことがなかった。

だがいま、強迫性障がいと摂食障がいが起こる前の時点に戻ったのだ。

いいや、それ以後の時点に進んだと言うべきかもしれない。

川のほとりで

「私はここに30年以上住んでいますが」とホテルの女性は、できたてのお粥（ポリッジ）を朝食のテーブルに置きながら言った。「ひと晩中20度以上だなんて経験したことがないですよ」

それに対してスヴァンテは「気温がずっと20度以上の夜のことを、熱帯夜って言うんですよ。でも、北極圏ではめったに起こらないことでしょうねえ」と言って陽気に笑ってみせた。前回のホテルのような失敗をしないために。

だが、ここでは南のルレオほど暑さは歓迎されておらず、極端な気温が得体の知れない不安を呼んでいた。宿泊客たちからのこんな質問に、ホテルの従業員たちはなんと答えていいのかわからなかった。「なるべく日陰をハイキングしたいんですが」「今日の山はどれくらい暑くなりそうですか？」「この暑さの中をラポーテンまで登ることは可能でしょうか？」

グレタは、ホテルの小さな部屋でロキシーと一緒に朝食をとった。いつものように、ポーゲン社製のコケモモ入りのパンを、何もつけずに。

ウッドデッキでは、パンの上のバターが溶けていた。まるでイタリアかバルセロナにいるみたいだなと思いながら、スヴァンテはマグカップに4杯目のコーヒーを注いだ。最後の客が出ていき、ホテルの従業員たちは彼の隣のテーブルに腰かけ、太陽の下で午前中の休憩を始めた。

4人の女性たちの話題はもちろん、この暑さだ。そのうちのひとりは、暑さの中をハイキングする宿泊客に対し、日陰の多いルートを教えているが、「二番目にいい方法は、ずっと建物の中にいることだわね」と皮肉のかけらも見せずに言った。

会話はときおり、ホテル近くのヘリポートに離発着するヘリコプターの音にかき消された。しばらくすると男性がやってきて、女性たちのテーブルに腰をおろした。知り合いのようだ。彼はヘリコプターのパイロットで、話題はほどなく、この高山地帯のほかのホテルやキャビンの様子に変わっていった。

「ケブネカイセ［訳注：スウェーデン最高峰。標高2103メートル］は昨日、25度だったよ」

「南頂がもうスウェーデン最高峰じゃないって知ってる？　氷河が溶けてしまったから」

それはもはや新しい情報ではなかった。

ヘリコプター業界は順調のようだが、彼は満足していなかった。

「僕が燃料やヘリコプター代も赤字になるほど料金を下げて、でも、そのぶんみんなが協力して働いてくれれば、キャビンの宿泊客はもっと増える。お客さんがどんどん来るようになったら、長い目で見れば、みんなの収入はものすごく増えるんだけどね」

それはいいアイデアだ、とみんな口々に言った。スヴァンテの考えは違ったが、黙っていた。

スウェーデンの一部が、ほぼすべての犠牲を払っている。それがここだ。地中は掘り返され、川にはダムがつくられ、森は破壊された。そこから生まれた金が転がりこむ先は、いつでも南部の財布、超特大の財布だ。

その日、ハイキングに出かけるグレタとスヴァンテは、お弁当を用意し、必要なものをバックパックに詰めて、ホテルの砂利道を歩きだした。ロキシーは前を走るが、10メートルおきに立ち止まって振り返った。

食料品店の外の温度計は31・7度を示していた。ふたりは、どの道を行けばいいのかわからなくなって、小さなパニックを起こしていた。森林限界より高地のここは、たしかに少しは涼しいものの木陰がない。周辺のいくつかの山頂の雪は、たった3日でほとんど溶けてしまった。結局、川沿いの道のほうが涼しいだろうと判断した。そのとおりだった。低木がつくる小さな木陰もあった。彼らはときどき立ち止まり、急流に手をつけたりした。木、土、草、さまざまな植物、そして湿原のにおいは、ふたりが今まで嗅いだことのないものだった。彼らは、ひざまずいて地面や苔に鼻をつけ、そのにおいを嗅いだ。

白い崖を降り、川のほとりまで来ると休憩した。急流の水の色は緑と白。真ん中の流れは急で、岸辺に近づくほどゆるやかになるようだ。もしもロキシーがこの急流にはまったら、トーネ湖にいたるこの川にずっと流され、5キロ先の滝に落ちてしまう。だからふたりは、小さな湾状の岸に陣どった。

川の中は冷たかったが、冷たすぎることはなかった。ふたりして川に入り、泳ぎながらその水をがぶがぶ飲んだ。それから岩の上で暑さのぎりぎりまで日光浴し、濡れた体を乾かし、また川に入った。

グレタが川辺で黒いハート型の石を見つけた。「騎士カトーのみたいな石の心臓だね。『ミオよわたしのミオ』［訳注：リンドグレーン作］にあったみたいに、これは水の中に投げこむべきね」

「そうだね」

だが、グレタはためらっていた。

「この石、何百万年もかかってこの岸に着いたんだよね。もし、ほかの誰かがこの岸を通りがかって、この石を見たら、気に入るかもしれないよ」

「そうかな」とスヴァンテは答えた。「人間は、お気に入りやありがたいものを山ほど持ってるよ。これ以上、人間はものを持つのに値するかな」

それを聞いたグレタは、その石を握ると川の真ん中めがけて思いっきり投げた。ロキシーは石を追いかけようとしたが、すぐに立ち止まり、波紋が急流の中に消えていくのを眺めた。

父と娘の予行演習

翌朝はかなり涼しかった。山の天候はがらりと変わり、楽になった。ふたりはトロール湖を目指してハイキング道を登った。ロキシーは山腹をジグザグに走り、登り降りしている。その風景はまるで『サウンド・オブ・ミュージック』と『ロード・オブ・ザ・リング』が混じり合ったようだ。緑の草地に巨大な石がいくつか転がっているが、谷の両側からは大きな崖が天に向かってそびえている。いたるところで黄色い花が咲いている。

グレタのエネルギーは日々増していた。学校ストライキについて話し、何度も何度も、どうしたらいいのか質問した。

「何があっても必ず自分ひとりで対処しないといけないよ」とスヴァンテは10回に一度はそう答えた。「すべての質問に答えられるように、どんな議論にも対応できるように準備するんだ。ジャーナリストは、あらゆることを聞いてくるよ」

「たとえばどんなこと？」

「僕が前に言ったようなことだよ」

「もう一度言って。どんな質問がありそう？　ジャーナリストになったつもりで、私に質問して」

「あなたのご両親がこうしなさいと言ったのですか？　この質問はしょっちゅうあるぞ」

「それなら、ありのままを答える。両親を感化したのは私であって、その逆ではありません」

「そのとおりだ」

グレタは続ける。「ジャーナリストは私のツイッターを見て、これまで私が書いてきたことを読めるでしょ。私は人見知りするから、人の中心に立って活躍できるわけじゃないこと。作文コンテストで受賞したこと。教科書出版社に教科書を書き直させたこと。それ全部、ネットで読めるのよ」

「だが残念ながら、そんなことはチェックしないだろうな。君の過去を掘り起こすのは、攻撃をしたいやつばかりだろう。それ以外の人はまったく気にしないと思う。自分のストーリーに合わないことを、君が過去に書いたことから拾ったりしない。でも、君を理解する人もたくさんいるだろう。君が気候のために闘っていることは秘密でもなんでもないからな。おまけに、君がママを〝不本意ながら環境の闘士〟にしたことを扱うテレビ番組の企画まであったんだ。プロデューサーも制作会社もすごく乗り気だったから、ＳＶＴの上層部がその企画を読んだことは間違いない」

グレタはパパの言うことをさえぎった。

「でも、その番組は実現しなかったんでしょ？」

「そうだな、これは忘れよう。1年半も前のことだし、公共放送は気候問題には指一本ふれたくないらしいから」

「ほかにはどんなこと聞いてくるかな？」

「どんなことでも。ただ大切なことは、君が現実を語ること、事実を証拠として挙げることだ。だから事実を集めなければならないし、常に自分の発言に気をつけることが大事だ。『じゃあ、私たちはどうしたらいいんですか？』とか『いちばん重要なことはなんですか？』という質問は、しょっちゅう飛んでくるだろう。大人は、質問には常に具体的に答えるよう教えられてきている。たとえ、そんな答えなどないことでも。発言そのものより、答えようとすること自体が重要なときもある。それも考えておくんだよ」

「オーケー」とグレタはゆっくりと言った。「でも、現行のシステムの中に解決策はないよ。私たちにできることは、危機を危機として扱いはじめることだけ」

「そのとおり。でも、なかなか理解されないだろうね。だから君は、始終それを繰り返す必要がある。何度も何度も何度も」

　スヴァンテは私と同じく、グレタには学校ストライキなんていう考えを捨ててほしかった。不愉快な結果になることは目に見えているからだ。だが、彼女がそのことを考え、話すときは生き生きとしている。だから彼は、どんなに面倒でも、彼女が発するすべての質問に答えようとした。

ふたりはハイキング道を離れ、巨石のあいだを進んで山を登った。そして、にわか雨が降ってもいいように、張りだした岩盤の下でランチをとることにした。

スヴァンテは携帯電話で写真を撮り、それをベアタと私に送った。グレタが自宅以外の場所、それも屋外で食事できることが、私たちにはまだ驚異だった。ゆでて塩をふった豆パスタ。コケモモ入りパンを数切れ。これならどこにでも持っていける。このことが、目もくらむような可能性の扉を開いた。おかげで北部の高山をハイキングできるようにもなった。

雲の切れ目から太陽がふたたび顔をのぞかせる。崖の面には巨大な滝が出現した。それは夏だけ見られる風景で、数キロ先にわたって絶壁から流れ落ちている。

ふたりは、さらに数百メートル先の谷を見下ろした。豊かな草地に小さな三角州が広がり、数百頭、いや数千頭のトナカイがいた。

「問題の深刻さをわかっていない人には、気候のための学校ストライキは全然、理解できないと思う」とグレタがうれしそうに言った。まるで陶酔(とうすい)しているかのように。「ほとんど誰も知らないんだから、ほとんど誰も理解できないね。私、きっとものすごく嫌われるだろうな」と言って笑った。

「子どもたちは理解できるかもしれないよ」

「ううん。子どもは親と同じことをするもの。気候のことを気にしている子どもになんて、ひとりも会ったことがない。世界を救うのは子どもたちだって、みんな言うけど、私は信じてない」

スヴァンテは黙って座っていた。わが娘が間違っていることを願いながら。グレタは続けた。

「排出量のカーブを下げなければならないときまで、あと2年しかない。だから、いますぐ何かが始まり、来年の春までには変化が起こらなくちゃ。何かとてつもなく大きくて、予想もしなかったようなことがね」

トナカイたちは、谷間の三角州をゆっくり移動している。空気は熱くなっていた。

ふたりは荷物を詰めなおしてハイキングを続け、トロール湖を見下ろせる丘まであとひと息のところまで来た。その湖の水はたいそう澄んでいるので、水深30～40メートルまで目視できるという。周囲の高山の表面には、雨と雪溶け水がしたたっていた。すべてが絶えず動いている。風の向きもしょっちゅう変わる。

ハイキング道から岩棚を登れば、きっと湖が見えるだろう。だが、グレタは疲れた顔をしていた。

「登れそうかい？」とスヴァンテは尋ねた。「あと100メートルくらいなんだけど」

「わかんない」

ふたりはしばらくそこに立っていた。

「パパが小さかったとき、途中であきらめちゃいけないって、しょっちゅう言われたよ。何があっても『もうちょっと頑張ろう』と考えなさいって」とスヴァンテは短い独りがたりを始めた。「最初の夏休みのバイトは、ブロンマ地区のクリーニング工場まで毎朝1時間半かけて通ったよ。施設から回収した、便のついたシーツや毛布を洗うんだ。すぐに辞めたくなったけど、おばあちゃんが続けなさいって。だから僕は、自分はものすごく大切なことをしてるんだと考えるようにした。途中で辞めないようにね。でも人間は、もっとひんぱんに、あきらめてもいいんじゃないかな。少なくとも、ちょっと後退することがあってもいいかもしれない」

軽いにわか雨が降りだした。大きな道路に戻るまで4キロある。父子で旅行に出てから10日が経っていた。そろそろストックホルムに帰るときだ。明日は帰路の第一日目としてクヴィックヨックに向かう予定だ。

「さて」と父は言った。「ここで引き返そうか。どこもかしこも見てまわる必要はない」

恐竜はみんなADHDだった

私は自分たちの話をするのに疲れはてていた。だが、ここに座ったまま、もう一度最初から始めなくてはならない。スヴァンテが話す。私が話す。

グレタは、診察室のテーブルの上にあった立方体と教育用三角形を試していた。ベアタは天井を見ながらモジモジしていた。早く帰ってダンスをしたいのだ。彼女は私同様、児童・思春期精神科クリニックに飽き飽きしていた。

話し合いが終わり、子どもたちが部屋から出ていくと、医師はため息をつき、かぶりを振った。

「ああ、ほんとに、あなたたちには助けが必要ですね」

3人とも微笑んだ。全員がそう思っている。全員がベストをつくした。

帰り道、フレミング通りを家族全員で歩いた。

夏。鳥たちが木々で歌う。真夏の雲が空に広がるさまは、まるで島が散らばる海が逆さまになったようだ。

上空を飛行機が横切っていく。飛行機はもういらないのだけれど。

スヴァンテはグレタを建材店に連れていくと約束していた。そこで余りものの板を買い、白く塗ってプラカードをつくるのだ。そこには「気候のための学校ストライキ」と書くと、彼女はずっと前から決めていた。スヴァンテと私は、彼女の身に降りかかるかもしれない難事を心配し、不登校ストライキなんて考えを捨ててほしいと願ったが、それでも彼女を応援した。やや控えめな熱心さで。

新学期が近づいてきても、グレタに自分のアイデアを捨てる気配はなかった。その反対だった。計画中の彼女の気分は良好だった——この数年で最高だった。もしかしたら、生まれたとき以来と言うべきかもしれない。

ショッピングモール内の店には、巨大な緑色の恐竜のぬいぐるみが飾られていた。その店の前を速足で通り過ぎたとき、私たちはウィンドウに映る姿をチラリと見た。ベアタ、グレタ、スヴァンテ、恐竜、そして私。

「ADHDの恐竜もいたのかな?」とスヴァンテが言うと、「もちろん」とベアタが答えた。

「アスペルガーも強迫性障がいも反抗挑戦性障がいもADHDもあったんだよ、私みたいに。だから絶滅したの。頭の中にいろんな考えがありすぎて、集中できなくて、嫌な音がガンガン鳴り響いて、頭がおかしくなっちゃったんだよ」

人類史上最大のあやまちを犯す前に

恐竜が地上に生息していたのは約2億年で、地球の歴史46億年と比較すると短い期間だ。私たち新人類は20万年しか存在していないが、6000万年前に絶滅した爬虫類のぬいぐるみをつくることができる。そのぬいぐるみは中国で製造され、世界中に輸出され、それを買える人たちの手に渡る。誰もが買えるわけではないとはいえ、かなり多くの人たちにその余裕があり、その数は毎日増える一方だ。だから、さらに天然資源が必要になる。

だが、天然資源は増えてくれない。いかに地球をうまく使おうと、そこから得られるものには限度がある。資源のひとつは、猛烈なペースで消耗（しょうもう）している。玩具屋の恐竜にも責任の一端がある。私たち全員が責任の一端を負っている。もちろん、その量は均一ではないが。

世界でもっとも裕福な10パーセントの人が、全温室効果ガスの半分を排出している。温室効果ガスは現在、私たちのいちばん重要な天然資源のひとつである「バランスのとれた大気」を消耗しようとしている。現在の排出ペースでは、すぐに枯渇するだろう。それに気づいている人はひと握りだという事実は、ホモサピエンス史上最大のあやまちになるに違いない。

地上の半分を占める貧しい人々が排出する二酸化炭素は、全世界の10パーセントでしかない。私たちがお手本を探すとすれば、それは彼らの中にある。私のような有名人ではなく。平均的な戦闘機パイロットの飛行時間より長く空を飛んでいるハリウッドスターやアメリカの元政治家でもなく。

気候学者ケヴィン・アンダーソンは、世界でもっとも裕福な10パーセントがその排出レベルを欧州連合の平均値にまで下げれば、世界中のガス排出量は30パーセント削減できると言っている。これと他の多くの緊急対策を組み合わせれば、私たちには時間の猶予ができるはずだ。

たったひとりのストライキ

私たちは、グレタはきっとランチ前には帰ってくると思っていた。でも、そうではなかった。２０１８年８月20日、月曜日。グレタはいつもより１時間早く起き、自分用の朝食を食べ、バックパックに教科書と弁当箱、ナイフとフォーク、水筒、アウトドア・クッション、そして予備のカーディガンを詰めて出かけた。

気候および持続可能性危機について事実と出典を記したチラシも１００枚プリントしていた。全部で５３０３字。表面（おもてめん）には黒い太字でこう書いてある。

私たち子どもは
いつも大人の言うとおりにするわけではありません。
私たちは、大人のするとおりのことをします。
あなたたち大人は、
私の未来なんか気にしていません。
だから私もあなたたちを気にしません。

私はグレタ・トゥーンベリ、9年生。
選挙当日まで、気候のための学校ストライキをします。

彼女はガレージから白い自転車を取りだした。この4年間、彼女が自分ひとりでどこかへ行くことはなかった。そんな意欲もエネルギーもなかった。ましてや自転車に乗って出かけるなんて、想像もできなかった。

彼女はサドルに座ると、振り返って歩道をチラリと見たあと、ペダルを踏んで走りはじめた。市庁舎を通り越し、ドロットニング通りのほうへ。

テーゲルバッケンで数人の観光客が煙草を吸っている。蒸気船の煙突が吐く黒煙が晩夏の青空を昇る。同じ空の下ではセントラル橋とセーデル街道が朝の渋滞(じゅうたい)を起こしている。スヴァンテは、彼女より数メートル遅れてペダルを踏む。右腕でプラカードを抱えながら。

先週の木曜日、つまり4日前、グレタは国会議事堂周辺の通りを下見した。そして、座りこみの場所を決めた。

「アーチの内側で、壁を背にして座ることにする」と彼女は言った。

橋の前まで来たとき、彼女は手すりを前にして立つから、写真を撮ってほしいとスヴァンテに頼んだ。黒いTシャツには、飛行機に赤い斜線が引かれたマークが入っている。道路標識のパロディだが、言いたいのは「飛行機禁止」だ。

「私より前にこれをやった人は、本当にいないのかな？」

「いないね。僕の知るかぎり」とスヴァンテは答えた。

「こんなに簡単なことなのに」

それから自転車に乗って家へ帰ると、彼女は硬質繊維版（メゾナイト）を白く塗り終えた。モーンヴィークにある建材屋ビュッグ・オーレで買ったその板の値段は、20クローナ（約220円）だった。

当日の月曜の天気はかなりよかった。旧市街から昇った太陽が輝き、雨の心配はほとんどなかった。自転車道も歩道も、職場へと急ぐ人で混んでいた。

8月後半のいつもの平日の朝の風景。いつもの新学期初日の風景だ。

ローセンバード［訳注：スウェーデン内閣府のある建物］の外でグレタはブレーキをかけ、自転車から降りた。スヴァンテは彼女の携帯電話で写真を撮ってあげたあと、2台の自転車をフェンスに固定し、ヘルメットをハンドルにかけた。

彼女がうなずいた。無言の「じゃあね、パパ」という意味だ。大きなプラカードを胸に抱き、歩きにくそうに角を曲がる。その角で自転車道は左に曲がり、政府街区を一周する。

「学校に行くんだぞ、わかったな」とスヴァンテは叫ぶ。半分は冗談で、半分は本気だ。

グレタは応じなかった。ただ前に進んだ。

あのとき、彼女は見えない境界線を越えた。あと戻りすることも、取り消すこともできない境界線を。

彼女は橋を越え、アーチの下を数メートル進んだ。立ち止まり、赤灰色の御影石(みかげいし)の壁にプラカードを立てかけた。

前にはチラシを置く。

そして座った。

通行人に頼んで、自分の携帯電話でもう一枚写真を撮ってもらった。それから2枚の写真を自分の各ソーシャルメディアにアップすると、携帯電話を紫色のビョルン・ボルグのバックパックに入れた。それは、4年前のクリスマスにおばあちゃんからもらったものだった。

スヴァンテは自転車を停めた場所に立ち、グレタの姿が見えなくなるまで見送った。

大きな鮭が水から跳ねたあと、一瞬宙に浮き、また水しぶきを立てながら水流へ戻った。

聖霊島(ヘルゲアンズホルメン)上空で一羽の鳥がぐるぐると輪を描いている。

たぶんワシだろう。それともミサゴだろうか?

スヴァンテは橋の欄干(らんかん)から手を放し、フレーズ通りに向かって歩いた。そして、教育庁そばのチェーン店エスプレッソ・ハウスでオートミルク・ラテを注文し、窓辺に座って仕事を始めようとした。

が、それは難しかった。

数分後、グレタのツイートが初めてリツイートされた。スタッファン・リンドベリだった。さらに、次々とリツイートされていく。パー・ホルムグレン。ステファン・スンドストレム。その後はもっと速くなった。彼女のインスタグラムのフォロワーは20人以下で、ツイッターだってそれに毛が生(は)えた程度だというのに。

流れが変わった。

もはや、あと戻りはできない。

ドキュメンタリー・フィルムの取材班も現れた。映画監督のペーテル・モデスティが先週、たまたま私に執筆中の脚本のことで電話をしてきた。そして、そのときグレタのストライキ計画を知った。いま彼は映画会社を説得し、グレタの学校ストライキの2日間をとりあえず撮影しようとしている。ペーテルの友人ナータン・グロスマンもついてきた。彼は、タレントのヘンリク・シュフェットと、SVTで豚のドキュメンタリーを制作したことがある。

彼らはグレタにあいさつし、撮影してもいいだろうかと尋ねた。彼女に異論はなかった。撮影チームは彼女にマイクをセットした。

カメラがまわる。これから言動のすべてがドキュメンタリー・フィルムに撮影されるのだ。だがグレタは、彼らの存在にはほとんど無関心だった。ここに座って、何が起こるか見届けたい。彼女の考えはそれだけだった。

だから、彼女は座りつづけた。

ひとりで大きな壁を背にして。

立ち止まる人は誰もいなかった。奇妙なものを見るようにチラリと目をやる人はいるが、ほとんどの人は別の方向を見ていた。

自分にはもっと大事なことがあると言いたげに。

ふたりの中年女性が立ち止まって、教育の義務について説明した。学校の授業に集中しなさい。あなたの将来が心配よ。自分のために勉強しなさい。

イングマール・レンツホーグという名の中年男性が通りがかり、自己紹介した。彼はグレタを撮り、それを自分のフェイスブックにあげてもいいかと尋ねた。

グレタはうなずいた。

すでに、グレタのツイッターとインスタグラムは拡散しはじめていた。

スヴァンテは私に電話してきて、左翼・環境系の日刊紙ダーゲンスＥＴＣから、これから行くと連絡があったと告げた。すぐあとには夕刊紙アフトンブラーデットもやってきて、グレタは心底驚いた。状況がこれほど速く変化したことに喜び、驚いたのだ。

こんな展開は想定外だったから。

環境系雑誌エフェクトのカメラマン、アンデシュ・ヘルベリが到着し、写真を撮りはじめた。はじめこそ歩きまわって、いろいろなアングルを試していたが、あとはカメラを片手に、人々が行きかう通りの真ん中に立ち、ただ微笑んでいた。そして、何人かが立ち止まり、グレタと話しはじめたのを見たとき、顔を輝かせた。「これだ」。彼は、グレタと通行人たちが正面にくるようにカメラを向けた。

気候危機を目に見えるものにしようと、何十年も苦しい闘いを強いられてきた人たちもやってきた。グリーンピースのイヴァンとファニーは、だいじょうぶかとグレタに声をかけた。

「力になれることはあるかな?」

「警察から許可は取った?」とイヴァン。そんなものは取っていない。学校ストライキをするのに許可が必要なのだろうか?　どうやら、明らかに必要なものらしい。

「手伝ってあげるよ」とイヴァンは言い、民主主義下の権利と可能性について説明した。手助けを申し出たのはグリーンピースだけではなかった。大勢いた。大勢の人が力になりたいと申し出てくれた。

だが、グレタは誰の助けも必要としていなかった。

全部、自分ひとりでやった。次から次へとメディアのインタビューをこなしていった。彼女が見知らぬ人たちと平気な顔で話をしているという事実だけでも、私たち両親にとっては信じらない進歩だった。

思いがけない贈り物をもらったような気分だった。

最初のインタビューが記事になったという知らせを受けたスヴァンテは、携帯電話でそのリンクをクリックした。

ダーゲンスETC紙のその記事を、彼は二度読んだ。

どうしてこうなったのかはわからないが、彼がいままで読んだ気候に関するインタビューのなかで最高の出来だった。

グレタの回答は、どれもガラスのようにクリアだった。余計なものは一切ない。まるで、これまでずっと新聞雑誌のインタビューに応じてきたかのようだった。

グレタはまだ昼食をとっていなかった。

そんな時間はなかった。それに、みんなが見ている中では無理だ。

たしかに問題だが、家に帰れば食べられるだろう。

長い一日が終わり、彼女が自転車に乗ろうとしたとき、若者向けの公共ラジオP3のジャーナリストが現われて自己紹介し、今日はソーシャルメディア上で幅広くシェアされましたね、と話しかけた。

「うれしいです」とグレタ。

「本当にものすごい反響ですよ」とジャーナリストは強調した。「少し質問してもいいですか？」

時刻は午後3時をとっくにまわっている。学校ならもう終わっているはずだ。

「残念ですが」とスヴァンテが言った。「この子はだいぶ疲れているようなので」

「だいじょうぶ」とグレタがさえぎった。

というわけで、自転車に乗る前に、彼女はインタビューをもう一本終えた。

グレタは喜んでいた。全身で喜んでいた。家路につく自転車と一緒に、サドル上の彼女の体も弾（はず）んでいた。

仲間になる人、攻撃する人

何かを始めたひとりにもうひとりが加わった瞬間、それは運動になると言われている。もしそうであれば、世界的な学校ストライキ運動は、グレタの学校ストライキ2日目の午前9時ごろに始まったことになる。

そのとき、音楽学校8年生のメイソンが現われ、グレタの隣に座ってもいいかと尋ねたのだ。グレタはうなずいた。

それ以来、グレタがひとりきりになることはなかった。

さらにもうふたり女子生徒がやってきて、冷たい敷石に腰をおろした。

ストックホルム大学の学生もひとり。

スウェーデン西部のヨーテボリでフランス語を教えている30代の教師も。ここに来るために、授業をほったらかしてきたと言う。

「クビになるかもしれないね。でも、変化を起こすためには仕方ない。誰かがやらなきゃいけないんだから」

それからダーゲンス・ニューヘーテル紙と民放局TV4もきた。様子を見にきたグレタの先生がニュース番組のインタビューを受けた。

「教師としては彼女に協力するわけにはいきませんが」と先生は言った。「人間として、仲間として、彼女がなぜこうしているのかは理解できます」

だがこのシーンは、先生の中立的な立場にそぐわない形で編集されてしまった。その後の数週間、職場でいじめや仲間はずれにあった彼女は、ついに病気休暇に追いこまれた。


やはり、いいことばかりではなかった。案の定、ソーシャルメディア上では最初の誹謗中傷が定着しはじめ、グレタはおおっぴらに嘲笑された。もっぱら匿名や極右勢力による書きこみだが、街頭や商店で出会う多くの人の目にも、嘲笑が浮かんでいた。私たちの親戚が応援している諸政党の国会議員にも、私たちが住む地区の大多数が支持する諸政党の国会議員にも、嘲笑された。


政治家たちが考え抜いた冷笑たっぷりのコメントは、ソーシャルメディアという肥沃な大地に慎重にまかれ、やがて急速に、無尽蔵の嫌悪と嘲笑を抱えた大木に成長した。べつに驚くことではなかった。だが、ごく近い親戚からも嫌悪と嘲笑を浴びることは、グレタも予想していなかった。

「もし気候危機について全然理解していないのなら、私のしていることはまったく理解不能でしょうね。気候危機について少しでも理解している人なんて、実際、ほとんどいません」とグレタは繰り返した。ほかにも多くのことを、何度も繰り返し発言した。まるで呪文（マントラ）のように。たとえば「あなたはどこの政党に属しているの？」と質問する通行人に対し、彼女はこう粘り強く返事をした。「学校ストライキは政党とは関係ありません。誰でも参加歓迎です」

スヴァンテは一日数回、そばを通って様子を見た。

壁の前に立つグレタのまわりを10人ほどが囲んでいる。彼女はストレスを感じているようだった。ダーゲンス・ニューへーテルの記者が、インタビューの様子を動画に撮ってもいいかと尋ねていた。その様子を目の端（はし）でとらえて、これはまずいと感じたスヴァンテは、「ちょっと待っててください」と言い、グレタをアーチの陰に連れていった。彼女の全身がこわばり、ハアハアと息をついている。スヴァンテは心配いらないと語りかけた。

「もう家に帰ろう。いいよね？」

グレタはかぶりを横に振った。そして泣きだした。

「もうこれ以上続ける必要はない。君はほかの人よりずっと多くのことをした。もうこのインタビューは断って、家に帰ろう」

だが、グレタはそこから去りたがらなかった。数秒間の静止。深呼吸。それから歩いて小さな円を描きはじめた。これまで抱えてきた不安や恐怖をふるい落とすかのように。

それから、ふたたび立ち止まって真正面を見すえた。

息づかいは相変わらず荒く、涙が頬を伝っていた。

「いや」と彼女は言った。同時に動物の鳴き声のような音を絞りだした。あらゆるものが静止し、ずっしりのしかかってくる。

揺れている。

「いや」ともう一度言った。

「ここにいたいのかい？」。スヴァンテはやさしく尋ねた。「本気でそう言っているの？」

グレタは涙をふいたあと、しかめっ面をして言った。

「やらなきゃ」

そしてくるりと向きを変え、歩行者専用道の反対側にいる記者に向かって、リラックスした笑みを見せた。肩の力は抜けている。

ストライキの場所に戻るグレタの姿を、スヴァンテはじっと目で追った。アーチの陰に30分以上立ち、観察した。あの子がいつ駆けだすかわからないから。あの子がいつストレスと恐怖で発作を起こすかわからないから。

だが、何も起こらなかった。

彼女は立ちつづけ、落ち着いてジャーナリストたちの相手をした。ひとり、またひとりと。あの子の気分は本当はものすごく悪いに違いない、とスヴァンテは考えた。だからきっと、すぐにも背を向けてここを離れるだろうと。だが、グレタは彼を見なかった。

人々の中心に立ちつづけた。

ときおり、グレタは国会正面の壁に視線を向けた。1日目よりも余裕があるように見える。よくよく見れば、その顔に笑みが浮かんでいるのがわかっただろう。「他人の知らないものを知っている」と言いたげな、周囲には見えない微笑みだ。

ジャーナリストたちが去ったあと、グレタは小さな青いアウトドア・クッションに腰をおろし、学校の授業についていけるよう教科書を読みはじめた。スウェーデン文学史を理解するために、モア・マーティンソン〔訳注：プロレタリア作家〕の *Mor gifter sig*（母は結婚する）も読んだ。社会科の教科書を読み、総選挙のしくみ、および政府、国会、各種委員会、省庁の役割について学んだ。生物学の教科書を読み、遺伝と遺伝子についての知識を得た。

携帯電話を使うのは、ツイッターやインスタグラムに「今日の学校ストライキ」の写真を投稿するときだけだった。彼女は授業時間中にここで過ごしている。だから、携帯電話を使うことは許されないのだ。

3時になると、グレタは荷物をバックパックに詰め、自転車に乗って帰路についた。

ストライキ3日目の訪問者

私たちはグレタの様子を注意深く観察した。だが、裏返しても逆さにしても、「気分は良好」という証拠しか見つけられなかった。良好どころか、毎朝6時15分に目覚まし時計が鳴ると、元気よくベッドから飛びだした。自転車に乗って颯爽と国会議事堂に向かい、午後に帰宅したときも上機嫌だった。そして夕方には学校の勉強をし、ソーシャルメディアをチェックした。時間どおりベッドに入るとすぐに眠りに落ち、ひと晩中ぐっすりと眠った。

ただし、食事については改善が見られなかった。とくにストライキ中は。

「人が多すぎて、私の食事の時間がないの。みんな、ひっきりなしに話しかけてくるから」

ゆでた豆パスタを持参していたが、それを食べるのは難しかった。だから、午後に自宅に戻ってからすぐに間食をとった。

「ちゃんと食べなきゃダメだ」とスヴァンテは言った。「食べなきゃ体がもたないぞ」

グレタは何も言わなかった。

食事の問題は繊細だ。いちばんの難問と言ってもいい。この数年間ずっとそうで、解決の兆しはまったく見えなかった。

だが、ストライキ3日目にあることが起こった。

グリーンピースのイヴァンがまた顔を出し、手にした小さな保存容器を見せながら言った。

「グレタ、これ食べない？　ヌードルだよ。タイ料理。完璧なヴィーガン。食べるだろ？」

彼がその保存容器を差しだすと、グレタは身を乗りだし、腕を伸ばして受け取った。そして容器の蓋を開け、何度かにおいを嗅いだ。鼻で食べ物のスキャンをしているのだ。

ちょっとだけ食べてみた。続いてもうひと口。もちろん、誰も不思議に思わない。人に囲まれて地べたに座る子どもが完全菜食のパッタイを食べる、それのどこが変わってるの？　グレタは食べつづけた。容器はほとんど空になりそうだった。


しばらくすると、ハンバーガー・チェーンの紙袋をいくつも持った男性がやってきて、食べたいと言うスト参加者全員に配った。ハンバーガー、フライドポテト、アイスクリーム、ドリンク……。

「これらのハンバーガーは全部、ヴィーガン用かベジタリアン用だよ」と言いながら、男性は誇らしげにロゴが入った紙袋6、7個を子どもたちのあいだに置いた。

「それってどうかと思う」とグレタは言って、子どもたちに説明しようとしたが、その声は小さすぎ、子どもたちはとてもお腹がすいていたので、メッセージは届かなかった。彼らは差し入れを全部食べた。

スヴァンテが様子を見に来たとき、食べ物はすでになくなっていて、男性はうれしそうに集まった子どもたちと話をしていた。スヴァンテは自己紹介すると、その男性に近づき、説明を始めた。

「グレタは、どんなスポンサーもいらないと明言しています。ですからあなたには、これらの紙袋を持って帰ってもらいたいのです。ストライキ中の子どもたちに食べ物を贈らないでください」

「じゃあ、あの子たちは何を食べればいいんですか？」と彼は質問した。

「自分たちで解決できます」とスヴァンテは答えた。「ここにはカメラがいくつもある。だからグレタは、ここに企業の製品を広げられたくないのです。それはこの場にふさわしくない。そのことについてもグレタは話をしていますよ」

スヴァンテはグレタの方針について説明した。スポンサーなし、広告なし、政党のロゴもなし。男性は少しムッとし、自分の会社がベジタリアン用メニューの開発に大金を投じてきたことを説明した。それに、東アフリカの植林にも莫大（ばくだい）な投資をしているので、このハンバーガーは〝気候に中立〟だし、自分は持続可能性の問題に20年以上も取り組んできたと強調した。

「そうですか。それでもあなたは勤務時間中にここへ来て、会社の宣伝をしている。会社の主な収入源は、急成長するハンバーガー・チェーン店に殺した牛の肉を売りつけることじゃないんですか？　そのことと、ここで気候のためにストライキをしている子どもたちとは、なんの関係もありません」

「ありますとも」と男性は言った。「人間には食べ物が必要です。それに、私たちはみな同じシステムの一員なんです」

そういって、男性はスヴァンテの靴を指さした。

「あなたはスニーカーを履いている。それは持続可能なものではない」

「そうですね。でも、ランニングシューズを一足持っていることと、ファストフードを売って何億クローナも儲けている企業にスポンサーになってもらうことは、まったく別のことです」

男性は紙袋を集めると、その場から立ち去った。

このハンバーガー騒ぎのあと、グレタはスヴァンテにストライキ場所に近づくことを禁止した。何もかも自分でコントロールしたい、他人に自分の意見を代弁してほしくないから、と。

その日の午後、あのハンバーガー男がグレタのインスタグラムに質問してきた。一緒にストライキをしている子どもたちに、彼の会社からの食べ物の差し入れをしてほしくないというのは、本当に君の意見なのかと。

「あなたはどうしても食べ物の差し入れをしたいようですね」とグレタは応じた。「それなら、あなたの会社以外の食べ物にしてください」

男性の返事は、それは時間的にちょっと難しいですね、だった。

どんどん強く

わが子が何年も他人と話をせず、しかも食事に制限があり、数ヵ所の決まった場所で、限られたものしか食べられない。その状態が何年も続いたあと、すべてのごちゃごちゃが突然消失したとしたら、親はまるでおとぎ話か魔法のように思うだろう。その喜びはどれほど大きいことか。

どんな現象にも「しかけ屋」がいると主張する人たちがいる。しかけ屋とは広告代理店のことだ。だが、グレタの活動に関して言えば、そんなことはない。

グレタは、怪(あや)しげな広告代理店の分厚いカーテンの陰で秘密の会合を重ねたりしていない。自分のバックグラウンドや価値観や意見をでっちあげる訓練を受けたわけでもない。グローバリストたちやずる賢い左翼エコノミストやジョージ・ソロスの影響を受けて……そんなわけがない。

なかには、グレタの行為のねらいは国家の影響を強めるためだとか、税負担を増やすためだという説まである。エコ独裁の、グローバル超国家をつくるためだというたわごとも。とんでもない陰謀論が次々と創作される。

グレタは地獄のような4、5年を過ごしたが、それはずる賢い陰謀を始めるために、人命にかかわる難題をシミュレートしたかったからではない。

もちろん、その一方では、彼女を応援する人たちも無数にいる。気候問題に取り組む仲間を増やそうと、何十年も闘い、傷だらけになった人たちだけではない。

ストライキの初日から、グレタはメディアの目にとまった。どういうわけか、まったく同じ問題を提起してきた他の大勢の活動家よりも、メディアは彼女にとって有利にはたらいた。

多くの人がグレタを応援した。

グレタが彼らを応援するように。

みんながお互いを支え合った。

「こんなにも注目された理由は、これが人類史上もっとも重要な問題でありながら、30年以上も無視されてきたからよ」とグレタは言う。

それでも懐疑派は、彼女の発言に耳を貸そうとしない。彼らは持続可能性にも無関心だ。

スポットライトの中へ

グレタのエネルギーは、毎日少しずつ増えていったわけではない。それは、爆発的に増えた。完全にタガがはずれたように。私たちが彼女を引きとめようとしても、彼女はアクセルを踏みつづけただろう。

その日グレタは、国会前で丸一日インタビューを受けたあとだというのに、さらにストックホルム市立文化会館で行なわれるパネルディスカッションに参加するので張りきっていた。家に帰って食事をすませると、自転車に乗ってセルゲル広場に戻り、文化会館のエスカレーターを小走りに昇ってセミナールームに着いた。

会場は人ですし詰め状態だった。グレタはマイクを受け取ると舞台へ近づいた。ロックスターのような歓迎を受け、世慣れたふうにスポットライトの中に立った。一緒に並んでいるのは、気象学者のパー・ホルムグレン、名誉教授のスタッファン・レスタディウス、そしてスウェーデンの二大政党からの政策報道官たちだ。自分の番になると、グレタは堂々と話した――私たちは待ったなしの危機のさなかにいます。それなのに、その危機の対策はまったくとられていません。

スタッファン・レスタディウスも、グレタと同じ内容を語った。希望と悲観、両方の雰囲気が会場内に広がっていた。

「そのとおり、これは深刻な問題です」とパー・ホルムグレンが加わった。「私はこの問題を10年以上取り上げてきましたが、正直に言って、この危機が本当に解決できるのかわからなくなってきました。でも、いつも言っているように、本気で取り組むのに遅すぎることはありません」

ある政治家は反射的にかっとなった。いままでの発言に挑発されたかのように、怒りをあらわにした。「私たちは、人々に希望を吹きこむことに焦点を合わせる必要があります」と言ったあと彼は、今日ここで聞いたこととは距離をとるつもりだと語った。

別の政治家の反応はまったく違った。なんと泣きだしたのだ。両手で顔をおおい、子どものようにすすり泣く。話す言葉が見つからないようだ。

予想外の展開だった。彼女はティッシュペーパーを一枚取りだすと、少しのあいだ、困った顔をして立っていた。聴衆の中にいたスヴァンテは、いよいよ本当に人間らしい反応が始まるのだと期待した。パターンが破られるということは、希望が持てる兆しでもある。彼女の反応がそれを意味していることをスヴァンテは願った。彼女が政治家としての抵抗をやめることを願った。地獄の底を目をそらさずに見つづける勇気があることを願った。私たち全員が、勇気を出してお互いの失敗を認め合うとどうなるのか見たかった。

だが、彼女は我に返ってティッシュを片づけると、機会均等について、就職について、それからエコロジカルで永続的な経済成長について話しはじめた。

終了後、エスカレーターに向かう途中、グレタは振り返ってパー・ホルムグレンに言った。

「私が思ってたよりひどい。あの人たち、なんにもわかっていない。政治家って本当になんにも知らないのね」

「まったくだ」とパーは言い、数秒、考えこんだ。「政治家は、産業界の代表者やロビイストと付き合いすぎているのかもしれないな。どんな質問にも回答を用意し、どんなことでも解決可能と言いつづける人種と」

「政治家はどんな質問にも答えられなければならない、知らないなんて言ってはならないって思いこんでるみたい。実際にはぜんぜん理解できないときでも」

「そんなところだな」とパーはいつものように静かに笑った。

「でもそれ、賢い生き方じゃないわ」

グレタの言うとおりだ。

帰り道、スヴァンテとグレタは自転車を押しながら話しつづけた。

グレタは言った。「みんな希望にとりつかれちゃったみたい。甘やかされた子どもみたいに。だけど、もしその希望がなくなったらどうするの？　嘘をつくの？　行動のない希望は、遅かれ早かれ消え失せてしまうのに。みんなが話題にしているその希望がなくなったら、どうしたらいいの？　必要な大改革が始まらないまま無駄に何年も過ぎ、その希望が実現するどころか突然、消え失せてしまったら？　私たちは、あきらめるしかないの？　ただ死ぬのをを待つだけ？」

数台の車が通りすぎた。がらがらの公共バスが、ボリンデシュ広場とクングスホルムス通りを目指して突っ走る。

「そもそも、みんなが希望と呼ぶものは、いったい誰の希望なんだろう？」とグレタは続けた。「彼らが希望と呼んでいるものは、私にとっては希望なんかじゃない。私にとっての希望とは、政治家たちが特別緊急会議を何度も招集し、世界中の新聞に〝気候危機との闘い〟っていう大見出しが載ることよ」

帰宅するとすぐに、グレタはモーセスとロキシーと一緒にソファに座り、携帯電話で動物の動画をチェックした。ユーチューブで、数匹の犬が単調なハウスビートに合わせて踊るクリップを見た彼女は、涙が出るまで笑った。

わが家のジェイ・Z

ベアタはある日、グレタと一緒に国会前に座りこんだ。

だがそれはグレタの活動であって、ベアタの活動ではない。グレタのインスタグラムのフォロワーは一気に1万人になっていた。まったくわけがわからないと家族全員が思った。

ベアタのインスタグラムのコメント欄も突然、グレタのことでいっぱいになった。お姉さんによろしくとか、これを伝えてほしいという書きこみであふれてしまったのだ。

誰もかれもがグレタ、グレタ、グレタ、グレタ。

「まったく、この人たちどうかしてるよ」

ある日、学校から帰宅したベアタがそう言った。そして「まるでビヨンセとジェイ・Zみたい」と続けた。

「グレタがビヨンセで、私がジェイ・Z」

いちばん罪が重いのは誰？

人類は失敗に向かっている。毎週、新しい数字や報告が発表されるが、それらはどれも、私たちが間違った方向に進んでいることを示している。しかも、猛スピードで。

科学研究からのメッセージは、週を追うごとに明確になる。白黒の度合いが増してくる。

いちばん罪が重いのは誰だろう？　石油資本だろうか、電力会社だろうか？　アパレル産業だろうか、あるいはファストフード・チェーン？　森林開発業？　家畜飼育産業？　もしくは法律の範囲内で、可能なかぎり売り上げを伸ばそうと奮闘している会社、株主のために利益を最大化しようとする会社すべてだろうか？

いや、政治家か？　次の選挙で再選されるためにはなんでもするから。

新聞・雑誌か？　生き残るためには利益を上げなくてはならず、大衆が読みたくなる記事を書かざるをえないから。

それとも、私たちふつうの人々か？　自分たちの生活をわけもなく便利にするために、日々消費に励んでいるから。

もしかしたら、私？　自分の立場を明確にすることもできたはずなのに、政治家、産業界、マスメディアの言うことを信じようとしていたから。

研究者？　事実をうまく伝えられないことが多かったから。20年か30年後に到来するはずの危機が突如として、いまここに、彼らの予想よりずっと早い段階で出現したから。

公共放送？　財政的に自立して、社会を観察し、次世代への影響をチェックする機関のはずなのに、社員たちが独立採算制に反対するイデオロギーに飲みこまれ、視聴率獲得とクリック競争に明け暮れているから。

批判者たちの声

気候危機は民主主義のもとでしか解決できないと、グレタは繰り返し訴えている。にもかかわらず、彼女は〝気候独裁〟を提唱していると絶えず非難されている。「現行の政治経済には解決策はない」と何度も何度も指摘しているにもかかわらず、彼女には答えがないと非難されている。

もちろん、これは意図的な戦略だ。そうすれば彼女の話を聞く必要はないし、具体的な解決策を見つける必要もない。解決に乗りだしたくない人たちが彼女を批判するのだ。

もしも気候危機が、科学者が口をそろえて言うように人類の存亡に関わるならば、人類がこれまで直面してきた脅威をはるかにしのぐ脅威ならば、現在の世界秩序を維持している人たちは、相応の責任をとるべきだろう。

だが彼らには、そんな大胆な改革はとうてい受け入れられないらしい。それよりも、法と秩序について話しているほうがずっといい。あるいは安全について。犯罪、難民、仕事とお金について。なぜなら、あらゆるものがより性能よく、大きく、強く、速くなることが、間違っているはずがないからだ——そう、子どもたち以外は。

学校ストライキ批判者たちによると、15歳の子どもは自分の頭で考えられないらしい。たとえ、その子にコンピュータの知識が無限にあり、世界中の知識の宝庫にしょっちゅうアクセスしているとしても。いまの子どもたちの知能は、成長社会とは違って上昇していないばかりか、下方に向かっているそうだ。

かつては15歳で母、労働者、兵士、独立した個人になれたが、いまの15歳の子どもは何もできない。だから、子どもはみんな学校へ行って礼儀を学ぶべきなのだ、というのが彼らの主張だ。もし子どもたちが世界を救いたいのなら、まずは高校をきちんと卒業してからにすべきだと。それから勉強を続けてエンジニアや研究者になれば、10～15年後には就職して、本当に変化を起こすことができるだろうと。

「そんなことしてたら間に合わない」などという疑問を、批判者はけっして受け入れない。なぜなら、対処と変化が必要な気候危機は、その人には存在しないから。

子どもたちは、なんのために、そしてなぜ、学ぶのか？

行動し社会を変えるために残された時間は、突然、高校や中学を卒業するまでの時間より短くなってしまった。彼らのもっとも基本的な生存条件が取りあげられた。それなのに、包括的な解決への動きはまったく姿を現していない。

子どもたちは、何をすべきなのだろう？

彼らには選挙権がない。

産業、研究、マスメディア、政治的決定に対する影響力だって、ほとんどない。

もっとも被害を受けるのに、発言する機会がないのだ。

私たちの便利さの追求が、突然、彼らの未来に影をさすようになった。

私たちの余暇の使い方が、彼らの生存条件に反するようになった。

私たちの経済成長が、彼らの世界を犠牲にするようになった。

私たちの趣味が、彼らの基本的人権にそむくようになった。


私たちが過去に、まったく同じことを貧しい国の人々に対して長いあいだ行なっていたというはかりしれない悲劇は、けっして教訓にはならなかった。

私たちは気にしなかった。無視した。でも、自分の子どもたちや孫たちのことは、簡単に無視するわけにはいかないはずだ。


ストライキに参加した子どもたちは、この危機の解決策は、危機を危機として扱うことだと言う。だが、批判者たちはその考えを好まない。革新的な考え方や制度改革、つまり斬新(ざんしん)な解決策なんて見るのも聞くのもご免なのだ。

批判者たちが大切にしたいのは、以前と同じ生活を続けたいという巨大な欲求。変化を恐れる人間の心理だ。

あなただって、現状の世界秩序があなたを勝者にするのであれば、それを守るためにできるだけのことをしようと思うだろう。そのためには、同じ世界秩序の中で「敗者」同士を戦わせることだっていとわない。たとえば、低賃金で搾取(さくしゅ)された人々の怒りをかわすために、その矛先を移民に向かわせるとか。勝ち負けとは、常に相対的なものだ。見方によっては、私たち全員が多かれ少なかれ「敗者」だというのに。

だから人集めだってほぼ無限にできる。その秘訣は馬鹿みたいに単純だ。彼らは、自分がつくりあげた世界のごく小さな領地——自分の仕事、自分の住居、自分の休暇旅行、自分の自動車、自分のお金——を守りたいと思う人をできるだけ多く集めて、このままではそれを失うぞ、と脅す。できるだけ怖がらせる。自分たちのちっぽけな世界を守るためならなんでもすると彼らが思うまで。そうすれば、人々は安定をそこなう脅威に立ち向かい、いまの食物連鎖を守るためになんでもするだろう。

脅威とは、移民、難民、リベラル主義者、社会主義者、フェミニスト、そして活動家。

まったく馬鹿げているが効果的だ。

それに対して、グレタは屈しない。すべてを変える必要があると主張するだけではなく、ときにはみなに尊敬されている人に対しても、その人がまごつくほど挑発する。グレタには自閉症もある。おまけに自慢の胃まである。だから、世間のルールとは合致しない。

たとえばグレタには、多くの人が無意識に持っている、弱さへの軽蔑がない。グレタの存在は、強い者がいつでも勝つという競争社会の不文律と矛盾する。強者の意見だけが聴いてもらえる、強者だけが仕切れるという不文律と。そんなものは市場のルールにすぎない。国会前の敷石の上にはまったく別のルールがある。小さな少女が突然、人々の注目を集めたことは、不文律が好きな人にとってはあまりにも不愉快で、見過ごすことができなかった。だから、誹謗中傷は一秒ごとに増大した。嘘、つくり話、人格攻撃……。なかでも、もっともよくある武器は、「意図的に事実を排除する」だ。

グレタの過去や生い立ちはネットに載っている。ちょっとグーグルを使えば、誰でも関連情報や事実を読むことができる。それなのに、おもしろおかしく嘘をでっちあげて、どうするつもりなのだろう？　周到に事実を排除した読み物を多くの読者に提供することに、どんな意義があるのだろう？

グレタが初めて注目された日

日々は過ぎ、グレタの座りこみは2週間になった。

彼女は毎朝、自転車で国会議事堂に向かい、ローセンバード前の金属柵に自転車を停める。

毎朝、彼女はいろいろな人を目にする。

ほかのことで忙しい人々を。

車の中で、ラジオ番組を聴いている人々。

地下鉄に立ち、携帯電話をいじっている人々。

バスに座り、どこかへ行きたいと願う人々。

食べたばかりの食事のことや、見たばかりのサッカーの試合について話す人々。

自分の家やアパートメントを掃除する人々。

窓をふき、クッションを並べ、本棚を整理する人々。

日々平穏で、それが当たり前だと考える人々。


イギリスの新聞ガーディアンがやってきて、グレタの海外大手メディアによる最初のインタビューを掲載した。それまでにノルウェーやデンマークのメディアが来てグレタを記事にしたことはあったが、これはまったくレベルが違った。

グレタはどんな質問にも真剣に答え、時間ができるとせっせと本を読んだ。

グレタが社会に大々的に注目されるようになったのは、２０１８年8月20日にスウェーデン国会議事堂前に座りこんでからだと思っている人は多い。だが、正確にはそれ以前にもう兆しはあった。

２０１６年11月9日の朝に、アメリカ合衆国で新大統領が誕生した。その名はドナルド・トランプ。これを受けて私は、フェイスブックにこう書いた。

今朝（けさ）は大きな不安を感じた人が多かったことだろう。私もその一人だ。だが、その不安に屈してはならない。私たちは力を合わせなくてはならない。右派も左派も。政党を超えて。私たちは今ここで、抵抗運動を始めなくてはならない。世界中で大きな格差がいくつも広がっているが、それがもたらす闇と憎しみに対して力を合わせて闘わなくてはならない。とはいえ、ヘイトや人種差別やいじめに対し、同じくヘイトやいじめで対応してはならない。ヘイトを許すほど低俗になってはならない。代わりに格差を縮めよう。人間の価値はみな等しいというヒューマニズムのもとに結集しよう。

彼らが低きを行くのなら、我々は高きを行く。
いまは嘆き悲しんでいる場合ではない。
みんなで力を合わせるときだ。

追伸。わが家の長女は環境問題に熱心だ。私よりもずっと勉強し、知識を蓄えている。そして、いつもこう言っていた。「気候問題は深刻だけど、唯一の救済策はドナルド・トランプが選挙に勝つことよ。そうすれば、人々はやっと状況のひどさに気づくでしょ。トランプのような頭のおかしい気候危機否定論者が選挙に勝ち、世界でもっとも影響力のある人物になったら、みんなようやく目を覚まし、恐怖のあまり大規模な抵抗運動を始めるはず。手遅れにならないうちに本当の変化を実現するには、それが必要」。彼女の言葉は大いなる希望に満ちている。いまこそ聴くべき価値がある。私はもうすぐ彼女の寝室へ行き、希望をこめて彼女を起こすだろう。私たちが闘いを始めるときだ。彼女と、私たちみんなの子どもたちのために。

この投稿に1万1000以上もの「いいね」がつき、数百のコメントがグレタを称賛した。
その朝、グレタはにっこりと目を覚ました。目をこすると、ベッドの上に貼ってある元素周期表を見あげた。いつもは起床直後に元素の名前をブツブツ唱えるのだが、このときはその前にこう言った。
「もちろん、これはひどい出来事だけど、いつだってそうだった。クリントンもオバマも、これまでと同じことを続けただけ。トランプは目覚まし時計よ」

私はこの投稿を、学校ストライキの最中にシェアしようかと考えたが、思いとどまった。何事にもふさわしい時機がある。誹謗中傷を垂れ流したい人にはやらせておけばいい。そうすれば、彼らがどんな人物なのか大衆の目にもわかるようになるだろう。

ソーシャルメディア上で「殺してやる」との脅しを受けたことがある。郵便受けに排泄物を入れられたこともある。市の福祉局は、グレタの「不登校」について大量の苦情を受け取ったと、両親である私たちに連絡してきた。だが福祉局は、その手紙の中で「当方は、対策をとるつもりはありません」とも書いている。この「ありません」は大文字だった。もしかしたら、匿名の福祉担当者からの声援だったのではないかと思って、心が少しあたたかくなった。

攻撃してくる人たちから完全に身を守ることはできない。こちらから反撃することもできない。悪口を振りまく人たちのせいで、あの子が私たちと一緒にここに住むことができなくなるのではないかと心配している。

有名になることには犠牲がつきまとう。

自分の意見を聞いてもらうには犠牲がともなう。

何をやっても、すさまじい量の誹謗中傷がつきまとう。
誹謗中傷には限界がない。
誹謗中傷をふりまく連中は、けっして憎むことをやめない。

「いちばんやっかいな人はね……」

子ども、大人、教師、年金生活者……、国会前でグレタと一緒に座る仲間は、日ごとに増えていった。

カメラマンのアンデシュ・ヘルベリは毎日、姿を現した。そして自分が撮った写真を、誰でも使えるようにアップした。対価は一銭も要求せずに。「僕が撮った写真は誰でも自由に使ってくれ。これが僕の応援のしかただよ」

ある日、小学校低学年の一クラスがやってきて、グレタと話をしようとした。だが、グレタはその場から立ち去ってしまった。小さなパニック発作が起こったのだ。グレタはその場から少し離れ、泣きはじめた。涙を止められなかった。

だが、しばらくすると落ち着きを取り戻し、元の場所で子どもたちの相手をした。

あとになって彼女はこう説明した。これまで本当に嫌な体験をしたので、子どもたちの相手をするのが難しいことがあるのだ、と。

「意地悪じゃない子どもの集団に会ったことがない。私が変わっているからって、どこにいてもいじめられたから」

1日7時間、3週間国会前に座りつづけるのは、並大抵のことではない。

多くの人がやってきて、話をしたがった。

ほとんどの人は感じがよく、「グレタの話を聞きました」とか「応援してます」などと口にした。そんな人たちが日に何度も訪れ、グレタの影響で飛行機に乗るのをやめたとか、自家用車の利用を減らしたとか、ヴィーガンになったことを伝えた。

これほど短期間に、これほど多くの人たちに影響を与えられたというのは、大きな、うれしい驚きだった。

だが、もちろん批判する人たちもいる。議論を交わしたい人は大勢いる。

ある日曜日、居間の床に座ってくつろいでいたときに、「いちばんやっかいなことは何？」と尋ねてみた。

「あれもこれも」とグレタは言った。「たとえば、原因は人口過剰だから、人口を減らせと主張する人がいる。その対象になるのは、私たちのような子どもとか、開発途上国の国民らしい。私たちに子どもをどんどん産んでほしくないし、アフリカ、インド、中国では人口が多すぎるからだって。でも現実には、地球上の大部分の人たちは、分相応の暮らししかしていない。つつましやかじゃないのは、富裕国に住んでいる私たちのような人。その一部の人が、地球が4個も必要になる生活をおくっていながら、地球には人口が多すぎると主張してるのよ。世界中の人がみんな私たちのような生活をしていたら、2度目標なんてとっくの昔に破綻していたはずなのに」

グレタはカーペットの上に座っていた。目の前では、モーセスが長々と横たわって眠っている。この赤い柄が入ったカーペットは、10年近く前にネット・オークションで買ったものだが、汚れや犬の毛がどれだけ付いていても目立たず、きれいに見える。

「それから、原子力について話す人たち」と彼女は続ける。「あの人たちは、原子力のことしか話題にしない。気候危機や環境危機なんて存在しないかのように、原子力のことだけしゃべりたいの。だから事実を知らない。もっとも基本的なことについても耳にしたことがないんだって。ただ、『じゃあ、原子力についてどう考えるのか？』って言いたいだけ。そして、未来社会の問題を全部自分の手で解決したかのような笑みを浮かべる。だけど恐ろしいのは、多くの政治家も同じじってこと。内心では、原子力ではもう解決できないって知っているのに、同じことを繰り返してる」

「科学者はどう言っているの？」と私が聞くと、スヴァンテが答えた。

「ＩＰＣＣは、原子力は大きな包括的解決策の小さな部分にはなりうると言っている。でも、エネルギー問題は再生可能エネルギーでしか解決できないとも言っている。どっちにしても、決定するのは科学者の仕事じゃない。気候研究の科学者たちは、政治や現実の条件を考慮しないことが多い。原子力に置き換えるなら、明日にでも何千もの発電所が必要になる。だけど、原子力発電所は完成までに10～15年はかかる。そんな事実は反映されてないんだ」

ソファにいたロキシーが、グレタとモーセスのそばに飛び降りた。そして、自分の足をなめてきれいにした2秒後には眠りに落ちた。

「そう、私たちには新たな非化石燃料が膨大に必要。それも、いますぐ」とグレタは言った。「いちばん安くて早いベストの代替手段に投資する必要がある。それなのに、どうして建設に10年もかかるものに投資しなくちゃいけないの？　太陽光や風力を利用した発電所なら数ヵ月で完成するのに、どうして、どの会社も投資したくないほど費用のかかるものに投資しなくちゃいけないの？　太陽光や風力ならずっと安いし、しかも分単位でコストが下がっている。全然リスクがないものがほかにあるのに、どうしてリスクが高いものに投資しなくちゃならないんだろう？　既存の核廃棄物の最終処分の問題だって解決してないのに。それに、すべての化石燃料を原子力に置き換えるとしたら、今日から毎日ひとつずつ原子力発電所を完成しなくちゃ間に合わない。建設に必要なエンジニアを教育するだけでも10年単位の年月が必要なのに。だから原子力は実現可能な代替手段じゃない。そんなことはとっくにわかってる。なのに、どうしてその話ばかりする人たちがいるの？　私、ほんとうに怖い。政治家って、こんなこともわからないほど馬鹿なの？　それとも、時間を無駄にしたいの？　どっちがひどいことなのかわからないけど」

「原子力の問題は、多くの人たちにとって、すごく大きなシンボルなんだろうね」とスヴァンテが言い、アイランドキッチンのスツールに座った。「もし気候の話をしたくないんだったら、原子力の話題を持ちだすことだ。そうすれば、そこで話が止まってしまうから。原子力は、気候問題の解決を遅らせたい人たちにとって最良の友だ。自分もそうだったから、よくわかるよ。原子力発電を続けることはいい解決策だと、僕も以前は考えていた。それを完全に閉鎖しろと主張する環境活動家たちに対し、なんて後ろ向きなんだとうんざりしていた。人類は常に問題解決できるんだと、僕は信じたかったんだと思う。これまでだって、どんな解決策だって見つけてきたじゃないかってね。だから、現状の社会秩序を変える必要もないし、行きたい場所に旅行に行けばいいって。こっそり憧れていたレンジローバーも買えるって」

スヴァンテは頭をかき、背筋を伸ばすとスツールをまわして半円を描いた。そして続けた。

「君は原子力を話題にするのを絶対に避けたほうがいい。人々が完全な解決策について話さないのは、それに興味がないからだろう。5年や10年前だったら、また違ったかもしれない。そのころには、原子力発電の拡大は解決策の一部だという気運がまだあった。でも、べつの危機が起こってしまった」

「どうして風力や太陽光発電に反対する政治家が何人もいるのかしら？」と私が口をはさんだ。「低コストだから？　シンプルすぎるから？　エネルギーを自国でまかなえるようになれば、いろんな国が独立してしまうから？」

ロキシーが目を覚まして立ちあがり、グレタとモーセスをクンクンすると、また横になった。

私たちはしばらく静かに座っていたが、ロキシーの黒い毛をなでながら、グレタがこう言った。

「だけど、いちばんやっかいなのは売りこみに来る人たちね。『こんにちは。自分はこんなビジネスをやってるんですが、協力をお願いできないでしょうか』って感じで。それとか、カンファレンスへのお誘いとか、本を出版しませんかとか、ドキュメンタリー・フィルムをつくりたいんですが、とかなんとか。便乗しようって人が多すぎる。私たちスト決行者は、気候を守る唯一の方法は誰もが謙虚になることだって言ってる。だけど私たちがしょっちゅう会うのは、野心家たちや機会があれば利用してやろうと思う人たち。自分に投資して、それまでとは別の自分になりたい人たちよ」


そりゃ誰でも自己実現したいと思っているわよね、と一瞬、私は考えたが、実際はそうではない。この星の限界を超え、持続可能とは程遠い生活をおくっているのは、ごく一部の人なのだ。問題は、私たちがそのごく一部に属しているということ。問題は、すでに十分すぎるほど事足りている私たちが、あらゆる状況で、もっとひどくなるように奨励(しょうれい)されていること。


もっと買え。

もっと旅行しろ。

もっと食べろ。

もっともっと。

以前の生活はどうだっただろうかと、ときどき考える。いまははっきりと見えるものを、そのころ見ることができただろうか？　もし、グレタたちがいなければ、私たちの生活はどうなっていただろう？

私たちはときどき考える。グレタがよその子で、15歳の少女が突然、国会前に座りこみ「気候のための学校ストライキ」を始めたのを見たら、どう反応しただろうかと。

彼女に耳を傾けただろうか？　それとも、目をつぶっただろうか？

なんだかちょっと怪しいわね、と言いながら、陰謀論のあれこれを検証していただろうか？

中国のせいだと主張していただろうか？

「ストしている女の子」をうとましく思っただろうか？

彼女を嫌悪しただろうか？

以前と同じ生活を続けたいがために、目をそらしただろうか？

それとも、地球資源を保つために謙虚になることを選んだだろうか？

ストライキ最終日

騒ぎは大きくなるばかりだった。ストライキの終了が近づくと、デンマークのTV2、ドイツのARD、そしてイギリスのBBCといったテレビ局が、グレタの動向を追うようになった。そのころ私は、通し稽古(げいこ)に忙しかった。ミュージカル『歓びを歌にのせて』の開幕が近づき、一日のほとんどを劇場で過ごしていた。夜、私が帰宅するとグレタは眠っていて、朝、グレタが出かけるときには私が眠っていた。テレビ取材班が家の中でグレタの朝の習慣をずっと撮影していても、私には聞こえなかった。

最後の金曜日が近づくと、スウェーデン国内の100ヵ所以上でストライキが行なわれた。ドイツ、フィンランド、イギリスでも数人が呼応した。オランダでは約100人の子どもたちがハーグの国会前で、ノルウェーでも数千人がストライキをした。目のくらむような数字だ。

活動家ジャニーン・オキーフは、自分だけでなく多くの活動家たちにも参加をはたらきかけてくれた。〈野原の生物学者〉とグリーンピースも協力した。〈クライメット・スウェーデン〉、自然保護協会、〈私たちには時間がない〉、〈嵐の警告〉、〈親たちの叫び〉、〈環境のためのアーティスト団〉などの団体も加わった。環境と気候のために闘ってきたそれぞれの団体が、各自のやり方で力を貸し、できるかぎりのことをやったのだ。

ストライキ最終日には、子どもと大人合わせて約1000人がグレタとともに座りこんだ。各国のメディアがミュント広場から中継した［訳注：警備の都合上、ストライキ場所を国会議事堂前からそこへ移るよう指示された］。

グレタは3週間、決心したことをやりとおした。

彼女のおかげで、気候問題が少しは、あるいはかなり大々的に注目されるようになった。政治家やマスメディアが数年かけてしてきたことより、彼女ひとりのほうがずっと気候問題に貢献した、と言う人もいた。

だが、グレタは異を唱える。「何も変わってない」と彼女は言う。「排出量は増えつづけてるし、目に見える変化は何も起こっていない」

午後3時、スヴァンテがグレタを迎えにいった。ふたりで一緒に、自転車を停めてあるところまで歩いた。

「満足したかい？」とスヴァンテは尋ねたが、グレタは黙っていた。もう一度同じ質問をしたが、答えなかった。

ふたりは自転車のカギをはずし、家に向かおうとした。そのとき、グレタが言った。

「ううん。私、続けようと思ってる」

グレタの微笑み

翌9月8日土曜日、スウェーデンは総選挙の前日で、グレタはストックホルムの「気候のための市民デモ（ピープルズ・クライメット・マーチ）」でスピーチをする予定だった。世界各地で数万の人々がこのデモを計画し、世界規模の大がかりなデモを夢見ていた。

だがその一方、その夏は森林火災が多発し、世界各地を極端な熱波が襲っていたにもかかわらず、国際的な気候および環境運動の展開は、相変わらず遅々として進まなかった。

グレタは、行進の終着地である王宮前でスピーチをすることになっていた。そこで、以前にETC紙に書いた原稿を読みあげるはずだった。

ところが彼女は、行進が出発する前にもうひとつスピーチをしたがった。スヴァンテは「それはほんとにいいアイデアかな」と尋ねた。それまで、グレタは一度しかスピーチしたことがなかった。その一度は、私たちの友人である数名のアーティストが集まり、レストランでグレタ支援コンサートを開いてくれたときだった。前にある新広場（ニュートリエット）で彼女はスピーチをした。それ以外では、学校の教室を除き、人前で話をした経験がまったくなかった。それに、スピーチしたときも、彼女は楽しんでいるようにはとても見えなかった。

それなのにグレタが言い張るので、スヴァンテはグリーンピースのイヴァンに電話をかけた。イヴァンは、行進の前にいろんな人があれこれ言ってくるとややこしくなるな、と言いながらも、なんとかしてみると答えてくれた。

暖かな陽気のなか、スタート地点のローラムスホーヴス公園には多くの人が集まり、野外劇場の観客席（スタンド）には約2000もの人が詰め合って座っていた。これだけでも通常の気候デモ参加者の2倍なのだが、その数はまだまだ増えそうだった。

いくつもの旗やバナーや木々のあいだを風が吹き抜けた。気候問題が最重要視されているとはまだまだ言いがたい状況だが、その日のデモ参加者のあいだには、いつもとは違う感情が広がっていた。

これまでにはなかった高揚感（こうようかん）――何かが起ころうとしている。もうすぐ。変化を起こすのは、こういう人々の集まりなのだろう。そこにいるのは、活動家やホッキョクグマのコスチュームを着たグリーンピースのボランティアなど、おなじみの顔ばかりではなかった。職業も支持政党もさまざまな人が参加していた。

「デモに参加するのは、これが初めてなの」と上品そうな服装をした40代の女性が答えた。

「私もよ」と隣にいる女性が笑う。

集会の司会者がグレタを紹介すると、彼女はゆっくりだが確かな足どりで円形劇場のステージ中央に進んだ。この2週間、一緒にストライキをした3人の少女たち、エディット、ミーナ、モリガンを伴って。

聴衆が拍手喝采で迎えてくれた。ただ、スヴァンテは気が気でなかった。これからの展開を予想して震えていた。あの子は、ちゃんと話すことができるんだろうか？ 泣きだすんじゃないだろうか？ あそこから走って逃げるんじゃないだろうか？ 最初にきっぱりと「ダメだ」と言わなかったことで、彼は自分を親として失格だと感じていた。

だがグレタは、このうえなく落ち着いていた。ポケットから折りたたんだ原稿を取りだすと、すり鉢状の観客席を見まわし、大勢の聴衆を眺めた。そして、マイクを握って話しはじめた。

「こんにちは。グレタです。ここからは英語で話します。みなさんにお願いです。携帯電話を取りだして、私のスピーチを撮影してください。それを、みなさんのソーシャルメディアにアップしてください」

聴衆は驚いて少し笑ったが、各自の携帯電話を取りだし、撮影の準備をはじめた。数秒後、ほぼ全員が舞台に立つ4人のティーンエイジャーに携帯電話のカメラを向けた。

「私はグレタ・トゥーンベリ、15歳です。こちらにいるミーナ、モリガン、そしてエディットとともに、気候のための学校ストライキを3週間実行しました。昨日がその最終日でした。でも」と、そこで彼女はひと呼吸置いた。「私たちは学校ストライキを継続します。いまから毎週金曜日、スウェーデンがパリ協定を実行するまで、国会議事堂の周辺に座ります」

聴衆はおおいに沸いた。グレタはそれまで多くの人たちに、「声明書か何かの形で、政治家たちに要求項目をリストアップして渡したほうがいいのではないか」と言われてきた。でも、具体的な要求をすることを拒否していた。彼女は繰り返しこう説明していた。

「もし私たちが具体的な解決策をたくさん提案したら、みんなはそれで十分だと思うでしょうね。でも、違うの。要求しているのはシステム改革と、まったく新しい考え方。本当に必要なものは、すべての条約や報告書の行間にあるもので、どんな声明書の内容よりもはるかにラディカルなものよ。地球を救う唯一のチャンスは、すべてを研究者の手に委ねること。私たちは子どもにすぎない。私たちは、研究者の言うことを引用しているだけなの」

暖かい晩夏の風が公園の高い木々の梢で遊ぶ。拍手喝采がやみ、グレタはスピーチを続けた。

「みなさんも、ぜひ同じことをしてください。どこに住んでいても、国会や地方議会の前に座りこむのです。あなたの国が、2度目標の具体化に向けて邁進するまで。私たちが思っているより、残された時間は短いのです。挫折は大惨事を意味します」

グレタは右手でマイクをつかみ、左手に折り目のついた原稿を持って読みあげた。しっかりした声で、神経質になっている様子はみじんもなかった。正面を向き、楽しんでいるようにさえ見える。ときおり笑みも浮かべている。スヴァンテも、もうすっかり安心していた。

「膨大な量の変化が必要です。私たちも、日常生活のあらゆる部分で貢献しなくてはなりません。とりわけ、私たちのように富裕国に住んでいる人は。どの富裕国も、十分なことをしていません。大人たちは何もせず、私たちを裏切ってきました。報道陣や政治家を含め、ほとんどの大人は、この状況を無視しつづけています。ですから私たちは、自分たちの手で、行動を起こさねばなりません。それも今日から。

誰でも歓迎します。みなさんの力が必要です。どうぞ参加してください。ありがとうございました」

聴衆は立ちあがり、大きな声援と拍手を送った。

「あなたはとても誇りに思ってらっしゃるでしょうね」とスヴァンテの隣の女性が言った。彼のことをグレタの父親だと知っているのだ。「誇りに思う？」とスヴァンテは繰り返した。聴衆の喝采が大きいので、スヴァンテは声を張りあげた。「いいえ、そんなことは思っていません。彼女の気分がいいだけで、僕はとてつもなく幸せなんです」

スタンディング・オベーションは続いた。グレタはエディットのほうを向き、ふたりはささやき声で話した。そしてお互いにうなずいた。

それからグレタは微笑んだ。私がこれまでに見た彼女の微笑みのなかでもっとも美しかった。

私はこの一部始終を、携帯電話のライブストリーミングで見た。

オスカー劇場の上階席の通路にいる私の頬を、涙がとめどなく流れた。

ベアタもまた……

深夜、アパートメントが暗闇に包まれていると、携帯電話がピンと鳴った。上階のベッドからメッセージを送ってきたのは、ベアタだった。「これって、まさに私そのもの」とある。彼女のメッセージにはユーチューブのリンクと、あるウェブサイトのスクリーンショットがあった。サイト名は「ミソフォニア」、つまり「音嫌悪症候群」。

「私、調べてたの」とベアタは言う。「この説明、私にぴったり」示された画面をスクロールする。ニューヨークタイムズ紙も南スウェーデン新聞もその他多数の新聞も、これに関する記事を載せていた。そして、この病状のあらゆる点がベアタに当てはまった。本当に何もかもが。

ミソフォニアは神経精神医学上の症状で、ある特定の音に対し強烈な不快感を示す。日常生活の、たとえば息を吸ったり吐いたりする音、カシャカシャいう音、ささやき声。あるいは陶器にふれるナイフやフォークの音。

もちろん、誰でも音にイライラすることはある。だが、ミソフォニアの人には「トリガー・サウンド」というものがあり、ある種の音が聞こえると、その音が引き金になって異常行動につながる。一般的なのは怒り、それも激怒だ。

ベアタは、ささやき声が聞こえると完全に集中力がなくなるとよく言っていた。「どうしようもないの。鼻声で話す人の隣に座ると何もできなくなる。ただ怒っちゃうだけで」

ミソフォニアはまったく新しい概念だが、たしかに存在する。アムステルダム大学のある研究は、ミソフォニアをただちに新たな診断名にすることを提案している。これに悩む人は、自分では制御できないハンディキャップを抱えているからだ。

２０１７年にニューカッスル大学が発表した大規模研究では、「ミソフォニアは当事者とその家族に深刻な被害をもたらすが、メカニズムについてはよくわかっていない」と述べられていて、ＡＤＨＤや自閉症スペクトラムとの関連が指摘されている。ストレスとも関連しているらしい。

私は、その名をそれまで一度も聞いたことがなかった。関連書を何千ページも読んできたというのに。専門家との面談を繰り返してきたというのに。著者でもあるアメリカの精神分析医は「ミソフォニアの認識のされ方は、ほんの20〜30年前のＡＤＨＤの状況を思い起こさせる」と書いていた。

治療薬はある。治療法も試されている。だが、まだ地図は完成していない。探検が始まったばかりなのだ。

私たちは、またスタートから始めることにした。もう一度。

希望

問題は、どんなふうに記憶されたいのか、ということだ。

熟しきった時代に生きる私たちが。

私たちの死後は、いったいどうなるのだろう?

持続可能性の観点から言えば、私たち人間はこれまでずっと失敗してきた。

だが。

私たちはすべてを変えることができる。

しかも迅速(じんそく)に。

私たちにはまだ問題を修復する可能性がある。そう望みさえすれば、人間には不可能なものなど何もない。


希望はどこにでも見つけることができる。

その希望は、人間の善意も不完全さも認める。その希望は、お互いの足を引っ張ることはない。ただし、希望は要求を出す。

要求のない希望は、むなしい。要求のない希望は、大きな変化の達成をはばむ。

その希望は、思い切った行動を必要としている。

その希望は、他人がすべきことについても、10年後に解決できそうなものごとについても語らない。なぜなら、10年後では遅すぎるから。

その希望には「いま、ここ」しかない。

劇的な変化を提唱する政治家たちがうれしい驚きの声をあげる日がくることを、私たちは確信している。


人々の記憶に残る、優れたリーダーたちにはひとつの共通点がある。それは、適切なタイミングで、私たちの未来図を示すということ。

メディアの役割も重要だ。彼らは当然、すでに自分たちの肩にかかる責任の重さを実感している。これまでどのような編集上の決定がなされたのか、それを今後どう訂正していけばよいのかも知っている。どのような未来図が大切なのかも知っている。

一人ひとりの行動がひとつの大きな運動になり、日々、大きく強く成長していく。お手本になる人、ニュース編集者、政治家の役割は大事だが、彼らを待つあいだに、私たちは私たちで、自分にできることをしなくてはならない。

あるいは、できないことも。
あらゆる地図を手放し、未知の世界に飛びこまなくては。
耳を傾けなくなったものすべてに、耳を傾けなくては。
これからの道のりは長い。だから、ドアはずっと開けておくことにしよう。
誰でも大歓迎。
どんなものも、どんな人も必要だ。

母なる地球はすでに舞台に控えている。
いまにも幕が上がる。
さあ、みんなでどうしたらいいかを話しはじめよう。
何を話すのかは私たち次第。
私たちは闇に対峙（たいじ）している。
口から口へ、街から街へ、国から国へ。
集中しよう。
行動しよう。
波紋を起こそう。
舞台に立とう。

グレタの主張

世界各地でのスピーチ

EESCで仲間とともにスピーチするグレタ（2019年）

スピーチ一覧

── 2018年 ──

10月6日 「気候のために立ちあがれデモ」にて（ブリュッセル）

11月24日 「TED」にて（ストックホルム）

12月4日 「国連 COP24（気候変動枠組条約第24回締約国会議）」にて（パリ）

── 2019年 ──

1月22日 「世界経済フォーラム」にて（ダボス）

1月23日 「世界経済フォーラム」にて（ダボス）

2月2日 グレタのフェイスブックより

2月21日 「EESC（欧州経済社会評議会）」にて（ブリュッセル）

3月30日 「ゴールデンカメラ賞」にて（ベルリン）

4月16日 「欧州議会」にて（ストラスブルグ）

4月23日 「ロンドン議会」にて

5月28日 「オーストリア世界会議」にて（ウィーン）

5月28日 「気候サミット」にて（ウィーン）

5月31日 「未来のための金曜日」にて（ウィーン）

2018年10月6日「気候のために立ちあがれデモ（ライズ・フォー・クライメット）」にて（ブリュッセル）

こんにちは、グレタ・トゥーンベリです。15歳で、スウェーデンのストックホルムから来ました。私はスウェーデンの国会議事堂の前で「学校ストライキ」をしています。気候危機に注目を集めるためにそうしているのです。

毎週金曜日、スウェーデン国会議事堂の外で座りこみをしています。これはスウェーデンがパリ協定を実施するまで続けます。

あなたがどこにいようと、私たちと同じことをするようお願いします。あなたの国が気温上昇2度未満の目標に邁進するまで、国会や地方自治体の建物の外に座りこむのです。

ウプサラ大学によると、もしスウェーデンやベルギーの現在の排出量を全部——航空、船舶、輸入品も——含めるのなら、そしてパリ協定や京都議定書ではっきりと述べられている、最貧国への公平性の視点を考慮に入れるのなら、スウェーデンやベルギーのような富裕国は少なくとも毎年15パーセントの排出削減を始めなければなりません。

削減できれば、発展途上国には開発のチャンスが与えられます。私たちがすでに持っている道路、学校、病院、安全な飲み水、発電設備などのインフラを整備し、彼らの生活水準を上げることができます。

ストライキなんかやめて学校に戻りなさいと言う人もいます。でも、もうすぐ未来がなくなるのなら、なぜ勉強しなくてはならないのでしょうか？　未来を救うために誰も行動を起こさなければ、そうなりますよね。現行の学校制度における科学の最高峰がもっとも重要な事実を伝えているのに、政治家や社会にとって無意味であれば、その学校制度の中で学ぶ意義とはなんでしょう？

いま私たちは毎日、1億バレルの石油を使っています。それを変えようという政策はありません。それを地中に残しておくルールは存在しないのです。

つまり、いまのルールに従っていると、世界を救うことはできません。だから、ルールを変えなくてはなりません。

すべてを変えなくてはなりません。それも今日、始めなくてはなりません。

気候危機は世界中の問題です。抗議するために、どこかへ行く必要はありません。どの国の政府の建物の前でもいい、そこで抗議の意志を示してください。石油会社や電力会社の前に立つのもいいでしょう。あるいは、世界中の食料品店、新聞社、空港、ガソリンスタンド、精肉工場、テレビ局など。

いくらやっても足りないくらいです。

誰もが、そして何もかもが、変化を必要としています。

先月、国連事務総長は、２０２０年までに排出量カーブを急降下させる必要があると言いました。パリ協定の範囲内にとどまらなければ、世界は「存在を直接おびやかす脅威」に直面するからです。

科学者たちはパリ協定の目標を達成できる可能性は5パーセントだと言っています。地球温暖化を2度未満に抑えなければ、私たちは悪夢のシナリオに直面します。このことを人々が知っていれば、私がスウェーデン国会議事堂周辺で学校ストライキをしている理由を尋ねる必要などないはずです。状況の深刻さと、対策がほとんどなされていないことを知れば、誰もが私たちと一緒に座りこみをするでしょう。

スウェーデンでは、地球4・2個分の天然資源が必要な生活をおくっています。ベルギーでは4・3個分です。どちらの国のカーボン・フットプリント［訳注：個人や企業が排出する温室効果ガスの量］も世界ワースト10に入ります。これは、スウェーデンとベルギーが毎年、将来の世代から3年分以上の天然資源を盗んでいることを意味します。将来の世代の一部である私たちは、スウェーデンにもベルギーにもどの国にも、そんなことをしてほしくありません。地球の限界内に収まる生活を始めてほしいのです。

これは助けを求める叫びです。

この危機を危機として扱っていないすべての新聞へ。

気候と環境以外のあらゆるものに立ち向かうすべてのインフルエンサーへ。

気候問題を真剣に考えるふりをしているすべての政党へ。

知識はあるのに、壊滅的な気候変動そのものよりも、それを防止することで起こる変化を恐れるあまり、そこから目をそらすことにしたすべての人へ。

あなたの沈黙は最悪といえるでしょう。

この先全世代の未来が、あなたの肩にかかっています。

子どもである私たちは、いま、あなたがしていることを、未来で帳消しにすることはできないのです。

スウェーデンやベルギーは小さな国だから、何をやっても意味がないと多くの人は言います。けれども数人の子どもたちがほんの数週間学校に行かないだけで、世界中のニュースの見出しを飾れるのです。私たちが本気で一緒になれば何ができるか、想像してみてください。

一人ひとりの力が重要です。

どんなに小さな排出量もカウントされるように。

たとえ1キログラムでも。

だからお願いです。気候危機を待ったなしの危機として扱い、私たちに未来をください。

私たちの人生は、あなたの手の中にあります。

2018年11月24日「TED」にて（ストックホルム）

私は8歳ごろ、初めて気候変動や地球温暖化のことを聞きました。原因は私たちの生活様式にあるのだから、省エネのためにスイッチを消すようにとか、資源を守るために紙をリサイクルするよう言われました。

不思議だな、と思いました。人間は動物の一種なのに、地球の気候を変える力があるなんて。それに、もし私たちにそんな力があり、地球温暖化が実際に起こっているのなら、ほかのことなんて話題にしていられないはずです。テレビをつければ、そのことばかり話しているでしょう。ニュース番組でも、ラジオでも、新聞でも。まるで世界大戦が勃発（ぼっぱつ）したときのように、それ以外のことは読むことも聴くこともないはずです。

でも、そんなことを話す人はまるでいませんでした。

もし化石燃料を燃やすことが私たちの存在を脅かすほど悪いことなら、なぜ相変わらずそれをしつづけているのでしょう？　なぜ規制がないのでしょう？　なぜ違法にできないのでしょう？

私には納得できませんでした。現実のこととはまったく思えませんでした。

それで、11歳のときに病気になりました。うつになったのです。私は話すのをやめました。食べるのをやめました。2ヵ月で体重が10キロも減りました。その後、自閉症、強迫性障がい、そして選択性緘黙症と診断されました。

私は基本的に、自分が必要だと思うときにしか話をしません。いまがその必要なときなのです。

私のような自閉症スペクトラムに属する者にとって、ほとんどすべてのことは白か黒かです。嘘をつくのが上手ではないし、みんなが大好きなソーシャルゲームに参加することにもあまり興味がありません。

私は多くの点で、私たち自閉症児のほうがノーマルで、その他の人たちのほうがかなり変だと思っています。

とくに、持続可能性危機の話題になるとそれを感じます。誰もが「気候変動は人類の存亡に関わる脅威で、もっとも重要な課題だ」と言いながら、これまでと同じ生活を続けているのです。

私には理解できません。ガス排出を止めなくてはならないのなら、そうしなくてはなりません。私にとって、これは白か黒かです。生き残るためにはグレーゾーンはありません。文明生活をするのかしないのかもそうです。私たちは変わらなければなりません。

温暖化を2度未満に抑えるために、スウェーデンのような国は少なくとも毎年15パーセントの排出削減を始めなければなりません。もっとも、ＩＰＣＣが最近発表したように、目標値を1・5度にしたほうが、明らかに気候への影響を減らすことができそうです。しかし、これが排出削減にどういう意味を持つのかは想像するしかありません。

みなさんは、私たちのリーダーやメディアがこれ以外の何を話すというのか、と思っているかもしれませんが、誰も口にしません。温室効果ガスが現在の生態系にすでに取りこまれていて、また大気汚染が温暖化を隠しているため、私たちが化石燃料を燃やすのをやめたとしても、0・5〜1・1度もの気温上昇があることにふれた人もいません。

私たちが、200近くもの種が毎日絶滅する第6の大量絶滅期のさなかにいると言及した人も、ほとんどいません。その絶滅スピードは、通常の絶滅スピードより1000倍から1万倍も速いのです。

さらに、パリ協定や京都議定書の随所ではっきり述べられている公平性の視点、つまり気候(クライメット)・正義(ジャスティス)について語った人もいません。これはパリ協定を地球規模で実現するためにはどうしても必要なものです。すなわち、富裕国はいまの排出スピードだと、6〜12年以内に排出量を実質ゼロにまで下げることが必要なのです。そうして、貧しい国の人々がインフラを整備し、生活水準を上げられるようにするのです。私たちがすでに持っている、道路や病院や発電設備や学校や安全な飲み水が利用できるようにするのです。すでになんでも持っている私たちが気候危機をちょっとでも心配し、パリ協定に真剣に取り組まないでいて、どうしてインドやナイジェリアのような国々に気候危機を気にかけてほしいと期待できるでしょう？
ではなぜ、私たちは排出を減らさないのでしょう？　それはなぜ、いまも増えつづけているのでしょう？　そうと知りながら大量絶滅を引き起こそうとしているのでしょう？　私たちは邪悪なのでしょうか？　もちろん違いますよね。人々がいままでと同じ生活を続けているのは、大多数の人たちがその結果についてまったく知識がないからです。急速な変化が必要なことも知らないからです。

私たち全員が、自分はもう知っていると思いこんでいます。ほかの人もみんな知っていると思いこんでいます。でも、実際は違うのです。もし危機が実在するなら、そしてその危機の原因が私たちのガス排出だと言うなら、少なくとも何かの兆候があるはずですよね？　水が氾濫する都市、何万人の死者、倒壊した建物に埋もれる国々だけではなくて、なんらかの不自由がでてくるはずです。

でも、そんなものはありません。そして、このことについて話す人はほとんどいません。このことを伝える大々的な報道もないし、緊急会議もないし、ニュース速報もない。気候学者や環境派の政治家でさえ、そのほとんどが飛行機に乗って世界中を飛びまわり、肉と乳製品を食べています。

もし私が１００歳まで生きるとしたら、そのときは２１０３年になっています。いま、あなたたちが「未来」について考えるとき、２０５０年より先のことは考えないでしょう。でも、そのとき私は運がよければ、まだ人生の半分も生きていないことになります。

２０７８年、私は75歳の誕生日を祝うでしょう。子どもがいれば、その日を一緒に過ごすでしょう。彼らは、あなたたち２０１８年ごろに生きていた人たちについて尋ねるかもしれません。まだ時間の余裕があるうちに、どうして何もしなかったの、と。

たったいま、あなたたちのしていること、あるいはしていないことが、私の全生涯と私の子どもや孫たちの人生に影響するのです。

たったいま、あなたたちのしていること、あるいはしていないことの結果を、私たちの世代が将来、帳消しにすることはできないのです。

この8月に学校が始まったとき、私はもうたくさんだと思い、決心しました。スウェーデンの国会議事堂前で、「気候のための学校ストライキ」を始めたのです。

ストライキなんかやめて学校にいなさいと、私に言う人がいます。勉強して気候学者になれば「気候危機を解決できる」と言う人もいます。でも、気候危機はすでに解決されているのです。事実やその解決法は十分にわかっているのです。私たちに必要なのは、目を覚まして変化を起こすことです。

それに、もうすぐ未来がなくなるのなら、なぜ勉強しなくてはならないのでしょう？　未来を救うために誰も行動を起こさなければ、そうなりますよね。現行の学校制度における科学の最高峰がもっとも重要な事実を伝えているのに、政治家や社会にとってそれが無意味なのであれば、その学校制度の中で事実を学ぶ意義はなんでしょう?

スウェーデンは小さな国にすぎないから、何をやっても意味がないと多くの人は言います。けれども数人の子どもたちがほんの数週間学校に行かないだけで、世界中のニュースの見出しを飾れるのです。私たちが本気で一緒にやれば何ができるか、想像してみてください。


私のトークはもうすぐ終わりです。ほかの人たちは、たいていここで希望について話しはじめます。太陽光パネルだとか、風力だとか、循環経済だとか。

でも、私はそんな話はしません。大人たちは、ただの励ましや楽観的な考えの売りこみに30年も費やしてしまったのです。そして残念なことに、それは功を奏しませんでした。そんなものがうまくいくのなら、排出量はとっくに削減されていたはずです。でも、現実は違います。

もちろん、私たちには希望が必要です。でも、希望より必要なものは行動です。行動しはじめれば、希望が広がります。ですから希望を探す代わりに、やることを探しましょう。そうしてやっと、希望が姿を現すのです。

いま私たちは毎日、1億バレルの石油を使っています。それを変更する政策はありません。それを地中に残しておくルールは存在しないのです。つまり、いまのルールに従っていると、世界を救えないことになります。だから、ルールを変えなくてはなりません。すべてを変えなくてはなりません。それも今日、始めなくてはなりません。

2018年12月4日「国連COP24（気候変動枠組条約第24回締約国会議）」にて（パリ）

私はグレタ・トゥーンベリ。15歳です。スウェーデンから来ました。「クライメット・ジャスティス・ナウ」［訳注：気候正義のための運動をする世界的ネットワーク］を代表してスピーチします。

スウェーデンは小さな国にすぎないので、何をやっても意味がないと多くの人は言います。でも私は、どんなに小さくても変化を起こすことができると学びました。数人の子どもが学校へ行かなかっただけで、世界中のニュースの見出しを飾れるのです。私たちが本気で力を合わせれば何ができるか、想像してください。

けれどもそのためには、たとえどんなに不愉快なことであっても、はっきりと話す必要があります。あなたたちは人気を失うのが怖いので、エコで永続的な経済成長のことしか語りません。非常ブレーキを踏むしか選択肢はないのに、あなたたちはこの惨事を招いた考えをもっと推し進めることしか話しません。

そんなことを話すなんて、大人とは言えません。しかも、その重荷まで子どもたちに押しつけて。私は人気なんて気にしません。私が気にするのは、気候正義と、この生きている地球だけです。

人々は、ごく少数の人たちが莫大なお金を稼ぎつづけるために、文明を犠牲にしようとしています。私の国のような富裕国の人たちが贅沢な暮らしをするために、生物圏を犠牲にしようとしています。一部の人の贅沢のために、多くの人たちが犠牲になっているのです。

２０７８年に、私は75歳の誕生日を祝うでしょう。もし私に子どもがいたら、一緒にその日を過ごすでしょう。彼らはあなたたちのことを尋ねるかもしれません。まだ時間の余裕があるうちに、なぜ何もしなかったのかと。あなたたちは、自分の子どもたちを何よりも愛していると言いながら、実際には子どもたちの未来を奪っているのです。

政治的に可能なことではなく、すべきことに集中するまでは、希望は訪れません。危機を危機として扱わなければ、解決はできません。化石燃料は地中に残し、公平性に焦点を当てなければいけません。いまのシステムの中でどうしても解決策が見つけられないのであれば、システムそのものを変えるべきではないでしょうか？

私たちがここに来た理由は、世界の指導者たちにお願いするためではありません。私たちはずっと無視されてきました。これからも無視されるでしょう。あなたたちは言い訳を使いはたし、私たちの時間も使いはたそうとしています。だから私たちはここへ来ました。あなたたちの思惑（おもわく）に関係なく、変化が起こると知らせるために。

真の力は、人々に宿っています。

2019年1月22日「世界経済フォーラム」にて（ダボス）

私たちは気候変動に対して十分に闘っていない、と言う人がいます。

でも、それは正しくありません。

なぜなら「十分に闘っていない」ということは、何かをしているということだからです。

実際には、私たちは何もしていません。たしかに、できること以上のことをしている人々もいますが、現状を変えるにはあまりにも少数ですし、現状を変えられる権力からあまりにも離れている人たちです。

また、気候危機は私たちみんなが招いたものだと言う人もいます。でも、それも都合のいい嘘です。

全員の罪であれば、責任を負うべき人がいないのですから。

責任を負うべき人はいます。一部の人々——とりわけ一部の企業や決定権を握る人々——は莫大な額のお金を儲けつづけるために、どれほど貴重なものを犠牲にしているか正確に知っているのです。

私は、そうした企業や決定権を握る人たちに、気候に関して表面的でない大胆な行動を起こしてくれるよう要求します。

未来の人類の生活環境を守るために、経済的な目標を二の次にすることを。

私は、あなたたちがその要求に応えてくれるなんて、これっぽっちも考えていません。それでも、お願いしたいのです。私の予想は間違っていたと証明してください。あなたたちのお子さんのために、あなたたちのお孫さんのために。命あるものと、私たちが暮らす、この美しい地球のために。この歴史において、正しい側に立ってほしいのです。

どうか、温暖化を1・5度未満に抑える世界を築けるよう、あなたたちの企業や政府が全力を注ぐと誓ってください。

誓っていただけますか?

私の活動に、必要とあらばどんなことも辞さない世界中の人々の活動に、参加すると誓ってください。

2019年1月23日「世界経済フォーラム」にて（ダボス）

私たちの家が燃えています。

私はこのことを言うためにここへ来ました。私たちの家が燃えていると。

IPCCによると、私たちの失敗を取り消せる時間はあと12年もないそうです。それまでに、二酸化炭素排出量を最低でも50パーセント削減するなど、社会の全側面で前例のない変化を起こすことが必要です。

しかし、ご注意ください。これらの数字には、パリ協定を地球規模で実施するために不可欠な公平性の視点が含まれていません。

また、北極の永久凍土が溶解して非常に強力なメタンガスのようなものが放出される「限界点」や「フィードバックループ（悪循環）」も考慮に入れられていません。

このダボス会議のような場では、みなサクセス・ストーリーを語りたがります。けれども、その金銭的成功には想像を絶する対価が伴いました。気候変動について、私たちは失敗を認めなければなりません。

現状の政治活動は、ことごとく失敗しています。

メディアも、多くの人々の目を引きつけるのに失敗しています。

でも、人類はまだ失敗していません。

そう、すべてを転換する時間はまだ残されています。まだ修正できるのです。すべては私たちの手の中にあります。ただし、いまのシステムの全面的な失敗を認めなければ、私たちはチャンスをつかむことさえできないでしょう。

私たちは、膨大な数の人々が言葉にならない苦痛にあえぐという惨事に直面しています。もう、お行儀よく話をしている場合でも、発言内容に悩んでいる場合でもありません。いまこそ、はっきりと話すときなのです。

気候危機の解決は、人類がこれまで直面したなかでも最大かつ、もっとも複雑な試練です。けれどもその主な解決策は、小さな子どもでも理解できるほど単純です。温室効果ガスの排出を止めるのです。

やるのか、やらないのか。人生は白か黒かの二者択一ではない、と人は言います。でも、それは嘘です。非常に危険な嘘です。

温暖化を1・5度に抑えるのか否（いな）か。

人類は制御できない不可逆的な連鎖反応を避けられるのか否か。

文明を維持できるのか否か。

これは、白か黒かの問題です。

生き残りがかかっているなら、グレーゾーンなんてありません。

私たちの選択肢はひとつです。

私たちは、将来世代の生存条件を守るための行動を立ちあげることができます。

もちろん、いままでどおりのビジネスをして、失敗することもできます。

すべて、あなたたちと私たち次第です。

子どもは活動なんかすべきではない、という人たちもいます。すべてを政治家に任せ、投票すればいい、それで変化は起こせると。でも、政治家にその意志がない場合はどうしたらいいのでしょう？　必要な政策がどこにも見えなかったとしたら？

ここダボスでは——ほかの場所と同じように——人々が話すのはお金のことだけです。まるで、お金と経済成長だけが私たちの関心事であるかのように。

気候危機は一度も危機として扱われたことがないのですから、人々がいまの日常生活を続けることでどんな結果を生むかわからないのも、無理はありません。人々は炭素予算のことなど聞いたこともないし、その予算の残額がきわめて少ないことも知りません。これを今日にでも変える必要があるのです。

いま最重要の課題は、このことを広く市民に周知することです。急速に減りつつある炭素予算について理解してもらうことです。この予算は私たちの新しい世界通貨となり、未来および現在の経済の中心となることでしょう。いいえ、そうならなければいけません。

いまこそ、気候危機について理解している人はひとり残らず、それが私たちの文明と生物圏全体を脅かしていると声に出すべきときです。

はっきりと。

どんなに耳に痛い内容でも、利益につながらなくても、はっきりと言うべきです。

現行社会のほぼすべてを、変える必要があります。

あなたのカーボン・フットプリントが大きくなればなるほど、あなたのモラルは汚れます。

あなたの活動範囲が大きくなればなるほど、あなたの責任は増加します。

大人は言いつづけます。「若者に希望を与えるのが私たちの義務」だと。

でも私は、あなたたちの言う希望なんて欲しくありません。

あなたたちに希望を持ってほしくもありません。

あなたたちには、パニックになってもらいたいのです。

私が毎日感じている恐怖を味わってもらいたい。

それから、行動を起こしてもらいたい。

危機のさなかにいるような行動をとってください。

あなたの家が燃えているときのような行動をとってください。

実際、そうなのですから。

2019年2月2日　グレタのフェイスブックより

このところ私にまつわる多くの噂、そしてとんでもない量の誹謗中傷が飛びかっています。私にとっては驚くことではありません。ほとんどの人が気候危機の意味を完全に理解していないのですから（それが危機として扱われたことがないのだから当然です）、一般の人々の目には、気候のための学校ストライキはとても奇妙なものに映るのでしょう。

そこで、ここで少し私の学校ストライキについてはっきりさせてください。

2018年5月、スウェーデンの日刊紙スヴェンスカ・ダーグブラーデットが主催する気候問題の作文コンテストで、私は受賞者のひとりになりました。私の文章が新聞に載り、何人かが連絡をとってきました。その中に、ダールスランドで〈化石燃料を使わない（フォッシル・フリー）〉運動を展開するボー・トレーンがいました。彼は、気候危機のために行動を起こそうとしている若者らのグループを率いていました。

私はほかの活動家たちとも、何度か電話会議をしました。気候危機に注目を集める新しいプロジェクトのために、アイデアを持ち寄るのが目的で。これならできそうというアイデアを、ボーはいくつか持っていました。デモ行進から、ゆるい形の学校ストライキ（校庭や教室で生徒が何かすること）まで。このアイデアの元は、学校乱射事件のあと登校を拒んだ、パークランドの高校生たちでした［訳注：2018年、アメリカフロリダ州パークランドの高校で銃乱射事件が発生。生徒や教職員17名が死亡。これを契機に、同校の高校生たちを中心に銃規制を求める活動が活発化した］。

私は学校ストライキというアイデアが気に入りました。そのアイデアを発展させ、ほかの若者たちにも参加するよう呼びかけました。でも、思ったほど関心を引きませんでした。

彼らは、デモ——スウェーデン版のゼロ・アワーデモをするほうがインパクトがあると考えていたのです。だから私はひとりで学校ストライキを計画し、それ以後のミーティングには加わりませんでした。

両親にこの計画を話したとき、ふたりともいい顔はしませんでした。学校ストライキなんてアイデアは支持できないから、やるなら自分ひとりでやりなさい、親のサポートは期待しないように、と言われました。

8月20日、私はスウェーデン国会議事堂の前に座りました。気候危機に関する事実を連ねた長いリストを手渡し、自分のストライキの理由を説明しました。私が最初にしたことは、自分の行為をツイッターとインスタグラムに投稿することで、これはたちまち拡散されました。ジャーナリストたちがやってきて、すぐに新聞記事にもなりました。スウェーデン人の起業家で、気候運動にも熱心なイングマール・レンツホーグも、最初にやってきたひとりでした。彼は私と話をし、写真を撮ってフェイスブックに投稿しました。彼に会ったのはそのときが最初です。それまでは、なんの接点もありませんでした。

その一方で多くの人が、私のバックには「誰かついている」とか、私が「お金をもらっている」とか「利用されている」という噂を広めたがりました。私のバックには誰もいません。両親も、私が現状の深刻さを教えるまで、気候活動家とは程遠い存在でした。

私はどの団体にも属していません。気候や環境のためのＮＧＯに、ときおり支援をしたり協力したりすることはありますが、完全に独立していて、自分の意見だけを表明しています。これまで、この活動でどんなお金も受け取ったことはありませんし、将来払ってもらうという約束もしていません。私に関連する人や私の家族もそうです。

今後もそのつもりです。お金のために闘う気候活動家なんて会ったことがありません。そんな考えはまったく馬鹿げています。

だから、私が旅行するのは、学校の許可があって、両親が旅費や宿泊費を払ってくれるときだけです。

私たち家族は協力して一冊の本を書きました。その内容は、私と妹のベアタが両親の世界観を変えたこと、とりわけ気候についての考えを変えたことです。それから私たちの障がいについても書きました。この本は２０１８年５月に出版予定でしたが、出版社と大きな意見の食い違いがあり、私たちは出版社を替えざるをえませんでした。そして、同年8月に日の目を見ました。

出版前に、両親は明言してくれました。もしも、その本から利益が出たら、それを環境、発達障がい児、動物愛護に関する8つの慈善団体に寄付すると。

それから、もちろん私は自分のスピーチは自分で書いています。その内容がたくさんの人たちに届くことを考えて、助言は求めます。たとえば数人の科学者に、複雑な事象をどう表現すればいいのかなど。私はなんでも正確にしたいのです。そうすれば、間違った情報を広めることも、人々を誤解させることもありませんから。

障がいのことで私をからかう人もいます。でも、アスペルガーは病気ではありません。一種の授かりものです。「本当にアスペルガー症候群があるなら、あんなことができるはずがない」と言う人もいます。でも実際、だからこそ私はやっているのです。もし私が「ふつう」で社交性があれば、どこかの組織に入るか、自分で団体をつくっていたでしょう。でも、私は社交上手ではないので、ひとりでストライキを始めました。気候危機について何も行動がないことに、私はフラストレーションをつのらせていました。だから、なんでもいいから始めたかったのです。ときには何かを「しないこと」――たとえば国会議事堂前に座っているだけとか――のほうが、「すること」より声が大きい場合もあるのです。そう、ささやき声が叫び声より強く届くように。

私が「大人のように話し、書く」と非難した人もいました。でも、16歳の人間がひとりで自分の意見を言えると考えたことはないのでしょうか？

　私がものごとを単純化しすぎると言う人もいます。たとえば私の「気候危機は白か黒かの問題です」とか「温室効果ガスの排出を止める必要があります」とか「あなたたちにはパニックになってほしいのです」といった表現をとりあげて。でも、私はそれが真実だから口にしているだけです。そう、気候危機は、私たちが直面した中でもっとも複雑な問題なので、それを「止める」ためには、私たちはすべてを捧げなくてはならないでしょう。その解決策は白か黒かです。温室効果ガスの排出は、止めなければならないのです。

　温暖化を産業革命前のレベルプラス1・5度にとどめることができるのか否か。私たちが限界点に到達し、人間には制御できない連鎖反応が始まってしまうのか否か。人類は文明を維持できるのか否か。生き残りがかかっているのですから、グレーゾーンはありません。

「パニックになってもらいたい」というのは、危機は危機として扱ってほしい、という意味です。あなたの家が火事で燃えているときに、鎮火（ちんか）したらどんな家に建て直そうか、なんて座って話したりしませんよね。大あわてで外に飛びだし、消防署に連絡しながら全員の無事を確認するでしょう。危機のときには、大なり小なりパニックになるものです。

　また、「あの子には何もできやしない」とか、私はただの子どもで、「子どもの話に耳を貸すな」といった主張もあります。では、こうなさってはどうですか――代わりに堅実な科学に耳を傾けはじめるのです。私は常に科学者の話を伝えているのですから、みなさんが直接彼らの言うことに耳を傾ければ、私や、世界中で気候のためのストライキをしている何十万人もの子どもの話など聞く必要はなくなります。そうなれば、私たちは学校に戻れるでしょう。

私はただのメッセンジャーなのに、誹謗中傷の対象になってしまいました。私は何も新しいことを言っているわけではありません。科学者が何十年も繰り返してきたことばかりです。「まだ若すぎる」という意見にも賛成です。こんなことをするには若すぎるのです。でも私たち子どもは、これをせざるをえないのです。行動する人がほぼ皆無の状況で、私たちの未来がまさに危機にさらされているのですから、続けなければならないのです。

私のしていることに懸念や疑問をお持ちなら、どうぞ私のＴＥＤトークを見てください。私がどうして気候と環境に興味を持つようになったのか、そこで説明しています。

応援してくださっているみなさん、ありがとうございます。励みになります。

２０１９年２月21日「ＥＥＳＣ（欧州経済社会評議会）」にて（ブリュッセル）

私の名前はグレタ・トゥーンベリ、スウェーデンから来た気候活動家です。こちらは、アヌーナ、アデレード、キーラ、ジル、ドリース、トーン、そしてルイーザです。

何万もの子どもたちがブリュッセルの通りで学校ストライキを行なっています。何十万もの人が世界中で同じことをしています。私たちは宿題をすませて学校ストライキをしました。今日、ここには８人がそろいました。

人々は、若者が世界を救ってくれるから大いに希望がある、と言います。でも、そうはならないでしょう。なぜなら、私たちが大人になり、責任ある地位に就くまで時間がないからです。２０２０年までには排出カーブを急降下させなければいけないと言われています。つまり、来年です。

多くの政治家たちは、私たちと話をしたがりません。いいでしょう、私たちも話したいと思いません。でも、科学者とは話をしてほしい。彼らの話を聞いてほしいのです。なぜなら、私たちは科学者の話を繰り返しているだけだからです。科学者は何十年も訴えてきました。私たちは、みなさんがパリ協定とＩＰＣＣの報告に従うことを望んでいます。ほかの声明文も要求もありません。どうか、科学のもとに集結してください。これが私たちの要求です。

多くの政治家たちは、気候のための学校ストライキの話題になっても、気候危機以外のことばかり話します。多くの大人たちは、学校ストライキはずる休みする子を増やしているのではと疑問視し、子どもは学校に行くべきだと言います。また、いろいろな陰謀論をでっちあげ、私たちのことを「自分では何も考えられない操り人形」と呼んでいます。なにがなんでも気候危機から焦点をずらし、話題を変えようとしているのです。この闘いに勝てないことがわかっているので、話題にしたくないのです。なぜなら、自分たちは宿題をしてこなかったから。でも、私たちはすませました。

もし、あなたたちが宿題に手をつけたら、新しい政治が必要だとわかるはずです。すべてが急激に減少し、きわめて限られた炭素予算しか残らないので、これに基づく新たな経済が必要になります。

でも、それだけでは十分ではありません。まったく新しい考えが必要です。あなたたちがつくった政治システムは競争だらけです。勝つことがすべてなので、隙あらば他人をだまそうとします。そうやって支配力を高めようとしているのです。

それを終わらせましょう。お互いに張り合うのをやめましょう。協力して、地球に残された資源を公平に分け合うのです。この星の限界の範囲内で暮らし、公平さを大切にし、あらゆる生物のために数歩後退するのです。生物圏を譲りましょう。空気を、海洋を、森林を、土壌を守りましょう。

甘い考えだと思われるかもしれません。でも、あなたたちが宿題に取り組めば、ほかに選択肢がないことがわかるはずです。私たちは全身全霊で気候変動に配慮する必要があります。そうしなければ、人類のすべての功績や進歩は無に帰します。政治的指導者たちが後世に残すものは、人類最大の失敗となるでしょう。そして、彼らは史上最悪の極悪人として記憶されるでしょう。なぜなら、耳をふさぎ、何も行動しなかったのですから。

でも、必ずしもこうなるとはかぎりません。まだ時間はあります。

ＩＰＣＣの報告書によると、人類は約11年後に、制御できない不可逆的な連鎖反応を起こす状態に達するそうです。それを避けるためには、２０３０年までに二酸化炭素排出量を少なくとも50パーセント削減するなど、社会のあらゆる面でこれまでにない変化を、この10年以内に起こす必要があります。

しかし、ご注意ください。これらの数字には、パリ協定を地球規模で実施するために不可欠な、公平性の視点が含まれていません。また、北極の永久凍土が溶解するときに放出される非常に強力なメタンガスなどに関する「限界点」や「フィードバックループ」も考慮に入れられていません。一方、これらの数字には、地球規模の巨大な二酸化炭素除去技術が含まれていますが、それはまだ発明されていません。多くの科学者は、これらの方策では間に合わないか、間に合ったとしても想定された規模ほどには実現できないだろうと危惧（きぐ）しています。

ＥＵは排出削減目標を改善する予定だと聞きました。新目標として、２０３０年までに温室効果ガス排出量を１９９０年比で45パーセント削減することを提案しています。よいことだと言う人もいれば、野心的だと言う人もいます。しかし、この新たな目標は、地球の気温上昇を１・５度に抑えるのにまだ十分ではありません。この目標は、現在成長中の子どもたちの未来を守るには不十分です。ＥＵが2度目標を達成したいのであれば、炭素予算を、２０３０年までに最低でも80パーセント削減することが必要です――航空、船舶、輸入品も含めて。つまり、現在の提案の約2倍という野心的なものです。実現には、党派を超えた政治行動が必要です。もう一度言いますが、彼らは自分たちの失敗をカーペットの下に隠し、私たちの世代に掃除させ、解決させようとしているのです。

私たちのことを「自分たちの将来のために闘っている」という人がいますが、これは違います。私たちは自分たちの将来のためではなく、すべての人の将来のために闘っているのです。もし、学校ストライキなんかやめて授業を受けなさいと言うのなら、あなたたちが仕事をストライキし、私たちの代わりに街頭に出てください。いっそのこと、スピードアップのために私たちに加わってください。

残念ですが、何もせずに「だいじょうぶだよ」と言われても、希望はもてません。そんな態度は希望とは正反対です。あなたたちがやっていることは、まさにこれです。ただ座って待っているだけで希望がやってくるわけではありません。これでは、甘やかされ責任感のない子どもと同じです。

希望とは自らつかみにいくものですが、あなたたちにはわかっていないようですね。それでもまだ私たちに「貴重な授業時間を無駄にしている」と言うのなら、私たちにも言わせてください。私たちの政治的指導者たちは、何十年も無視と無作為で時間を無駄にしてきました。私たちは、自分たちの時間がなくなりそうなので、行動を起こすことにしました。あなたたちの失敗の後始末をはじめました。

やりとげるまで、やめるつもりはありません。

2019年3月30日「ゴールデンカメラ賞」にて（ベルリン）

私たちはおかしな世界に住んでいます。あと約11年で人間にはコントロール不能な、あと戻りできない連鎖反応が起こり、私たちが知っている形の文明は終わりを告げるだろうと、すべての科学者が一様に予測している世界にです。

私たちが住んでいるのは、未来を破壊されることに抗議するために、子どもたちが教育を犠牲にしなければならない、おかしな世界です。

この危機を引き起こした原因にもっとも加担していない人々が、もっとも影響を受けることになる世界です。

化石燃料を買うのに数兆ユーロ（数百兆円）も使いながら、お金がかかりすぎて世界を救えないと政治家が言う世界です。

私たちが住んでいるのは、いまの政治では求めている答えが見つからないのは明らかなのに、いまの政治システムしか見ようとしないおかしな世界です。

人類の未来より、学校に行かない子どもたちがいることを心配する人々がいる世界です。

誰もが自分の好きな現実を選び、それぞれの真実を買う世界です。

生き残りがかかっている問題なのに、急速に消えつつあるわずかな炭素予算をあてにしている世界です。炭素予算が存在することすら、ほとんどの人が知りません。

私たちが住んでいるのは、ものを買ったり建てたりしたことで招いた危機から、ものを買ったり建てたりすることで逃れられると思っているおかしな世界です。

人類が直面している最大の危機より、サッカーの試合や映画祭のほうがメディアに注目される世界です。

あらゆる不正に対して立ちあがった有名人や映画俳優やスター歌手が、お気に入りのレストランやビーチやヨガ用の別荘を訪れるために世界中を飛びまわる権利がそこなわれるという理由で、気候正義のために立ちあがらない世界です。

悲惨な気候の破壊を阻止するには、不可能に思えることをしなければなりません。それが、私たちのすべきことなのです。

でも、じつは今夜ここに集まっているみなさんがいなければ、それは不可能です。

一般の人々は、みなさんのような有名人を神のように思っています。みなさんは数十億の人々に影響を与えられるのです。私たちには、みなさんの力が必要です。

みなさんが声をあげれば、この世界的な危機に対する意識が高まります。みなさんなら、一人ひとりの行動を大きな運動に変えられます。リーダーたちの目を覚まし、私たちの家が燃えていることを伝えられるのです。

私たちはおかしな世界に住んでいます。
でも、それが私たちの世代が受け継いだ世界です。
私たちにはこの世界しかありません。
私たちはいま岐路に立っています。
すべては、私たち次第なのです。

2019年4月16日「欧州議会」にて（ストラスブルグ）

私はグレタ・トゥーンベリ、16歳です。スウェーデンから来ました。私はみなさんにパニックになってほしいと思っています。

みなさんの家が燃えているかのように行動してほしいのです。

私は以前にも、同じ言葉を使って話しました。

すると、それはよくない考えだと、大勢の人々から説明されました。

多くの政治家から、パニックになってもよい結果にはならないと言われたのです。

私も同感です。

必要もないときにパニックになるのは最悪です。

でも、家が燃えていて焼け落ちるのを防ぎたかったら、ある程度のパニックは必要でしょう。

私たちの文明はとても弱いものです。まるで砂上の楼閣（ろうかく）のように。

表面はとても美しい。けれども、土台は決して堅固ではない。

私たちはこれまで、たくさんの手抜きをしてきました。

昨日はパリでノートルダム大聖堂が焼け落ちるのを、世界中の人々が絶望と深い悲しみを抱いて見つめました。

建築物の中には、たんなる建築物とは一線を画すものがあります。

ノートルダム大聖堂はいずれ再建されるでしょう。

その土台が堅固であることを祈ります。

同時に、文明の土台がそれ以上に強いことも。

でも、残念ながら強くはないのです。

いまから10年259日10時間後の2030年ごろ、私たちは人間には制御できない不可逆的な連鎖反応を起こす状態に達し、その結果として、私たちの知っている文明は終わりを迎えるでしょう。

それまでに、社会のすべての面において永久かつ前例のない変化が起きなければ。たとえば、二酸化炭素排出量を50パーセント以上削減するといった変化です。

ただし、この予測は、まだ大々的に発明されていない、大気から莫大な量の二酸化炭素を取り除く発明をあてにしたうえでの計算であることに注意が必要です。

また、この予測では、北極の永久凍土が急速に溶けた場合に放出される強烈なメタンガスなど、想定外の限界点やフィードバックループについても考慮されていません。

大気汚染で隠されている温暖化も、パリ協定で明確に示された、世界規模で必ず実施される必要がある気候正義も考慮されていません。

また、こうした数字がたんなる計算でしかないことも頭に入れておくべきです。これは、たんなる予測なのです。つまり「あと戻りできない時点」の訪れは、２０３０年より少し早くなるかもしれないし、遅くなるかもしれません。誰にも確かなことはわからないのです。

ただし、だいたいそのころに、そのときが訪れることは確実です。こうした計算はたんなる意見やでたらめな予測ではないからです。これらの予測は、科学的事実に裏づけられ、ＩＰＣＣに参加したすべての国によって出された結論です。世界の主要国のほぼすべての科学機関が、ＩＰＣＣの研究と調査結果を全面的に支持しています。

私たちはいま6度目の大量絶滅の真っただ中にいて、通常の１万倍もの速さで、日々２００もの種が絶滅しています。

肥沃な凍土の浸食、広大な森林破壊、有害な大気汚染、虫や野生生物の減少、海洋の酸性化——これらは、この場にいる、世界でも経済的に恵まれた地域に住む私たちが、簡単に続くと思いこんできた暮らし方、自分たちの権利だと思いこんできた暮らし方によって加速させた悲惨な傾向です。

でも、ほとんどの人々がこうした激変についてわかっていません。こうした変化は気候と生態系の破壊の前兆にすぎないことを理解していないのです。

理解できるわけがありません。何も聞かされていないのですから。さらに重要なことには、しかるべき人から、しかるべき方法で説明されていないのです。

私たちの家は焼け落ちようとしています。

リーダーたちはそれなりの行動をとるべきです。

いま、何もしていないのですから。

もし家が焼け落ちつつあったら、どのリーダーも今日のみなさんのような行動を続けないでしょう。

ほぼ全面的に行動を変えるはずです。緊急事態のときのように。

もし家が焼け落ちつつあったら、それぞれ個々の問題として、市場がすべてさっとうまく解決するなどとしゃべりながら、世界中をビジネスクラスで飛びまわったりしないでしょう。ものを買ったり建てたりしたことで起こった危機から、ものを買ったり建てたりすることで抜けだす方法を話し合ったりしないでしょう。

もし家が焼け落ちつつあったら、気候と生態系破壊に関する緊急首脳会議ではなく、イギリスEU離脱に関する緊急首脳会議などを開催したりしないでしょう。

15年もしくは11年かけて石炭の使用を段階的に減らしていくことなど話し合わないでしょう。

もし家が焼け落ちつつあったら、たとえばアイルランドなど、わずか1ヵ国がまもなく化石燃料から投資撤退（ダイベストメント）するかもしれないというだけで、祝ったりしないでしょう。

ノルウェーが風光明媚（ふうこうめいび）なロフォーテン諸島の近くで油田を掘削（くっさく）するのを中止することに決めたからといって祝わないでしょう。ほかのあちこちでは数十年間掘削を続けるというのに。そんなことを祝うなんて、30年遅すぎるのですから。

もし家が焼け落ちつつあったら、メディアはほかのことなど報道しないでしょう。見出しはすべて進みつつある気候や生態系の破壊のことになるはずです。

もし家が焼け落ちつつあったら、「状況はコントロールされており、すべての種のための未来の生息環境はまだ発明されていない技術に託（たく）す」などと言わないでしょう。

また、政治家としての時間を、税金やイギリスのＥＵ離脱に関する話し合いにばかり使ったりしないでしょう。

もし本当に家の壁が崩れはじめたら、きっと考えの相違は脇に置いて協力し合うはずです。

私たちの家は焼け落ちはじめています。

残された時間は急速になくなっていきます。

それなのに、本質的なことは何ひとつ起きていません。

すべての人、すべてのものが変わらなければならないのに、なぜ、誰と何が最初に変わるべきかなどと話し合って、貴重な時間を無駄にするのですか？

すべての人、すべてのものが変わらなければなりません。でも、上の立場にいればいるほど、より大きな責任があると思います。

またカーボン・フットプリントが大きいほど、倫理義務も大きくなるはずです。

いますぐ行動すべきだと政治家に言うと、いちばんよく返ってくる答えは、劇的なことはできない、有権者に不評だから、です。

なるほど、そのとおりでしょう。大半の人々は変化が必要な理由さえ知らないのですから。だからこそ、科学的な裏づけをもとに力を合わすべきだと、活用できる最高の科学を政治と民主主義の核にすえるべきだと言いつづけているのです。

まもなくEUの選挙が行なわれます。この危機でもっとも影響を受ける人々、私のような若い世代の多くは選挙権がありません。私たちはビジネスや、政治や、工学や、メディアや、教育や、科学に関する決断をくだす立場にもありません。そうしたことができるように教育を受ける時間は、もう残されていません。だからこそ、数百万人の子どもたちが気候問題のために、気候危機に注目を集めるために、街に出たり、学校ストライキを行なったりしているのです。

みなさんは私たちの話に、選挙権がない私たちの話に耳を傾けるべきです。私たちのために、みなさんの子どもや孫のために投票してください。

いま、私たちがやっていることは、すぐになかったことにはできません。

今度の選挙で、みなさんは人類が暮らす未来の生活環境のために投票するでしょう。いま必要としている政策はないかもしれませんが、明らかに、ほかよりよくない政策があります。新聞によると、気候の崩壊については絶望的だから話したくないという理由で、今日、私がここに立つことさえ嫌がった政党があったそうですが。

私たちの家は焼け落ちつつあります。

これからの未来は、これまでと同じように、文字どおりみなさんの手に握られています。行動するのに遅すぎることはありません。

この問題は、遠くまで見すえることが必要です。勇気もいります。どんな天井にすればいいかまったくわからないのに土台を築かなければならないときには、強い決意が必要でしょう。言い換えれば、大聖堂（カテドラル）をつくった人々のように、はるか未来を見すえながら計画を立てて動く「カテドラル・シンキング」が必要なのです。

みなさん、どうか目を覚まして、いまできる必要な変化を起こしてください。もう最善をつくすだけでは足りません。不可能に思えることも残らずしなければならないのです。

私の話を聞きたくないなら、それでもかまいません。なんといっても、私はスウェーデンから来た16歳の学生でしかないのですから。

でも、科学者は無視できないでしょう。それから科学も、未来を生きる権利のために学校ストライキを行なっている数百万の子どもたちも。

2019年4月23日「ロンドン議会」にて

私はグレタ・トゥーンベリ、16歳で、スウェーデンから来ました。未来の世代を代表して話します。

みなさんの多くが私たちの話に耳を貸さず、ただの子どもじゃないかと言っているのは知っています。でも、私たちは科学者たちが発しているメッセージを伝えているだけなのです。私たちが貴重な授業時間を無駄にしていると心配している方が多いようですが、みなさんが科学の声に耳を傾けはじめ、未来を守ってくれたら、私たちはすぐに学校に戻ると約束します。それは大きすぎる要求でしょうか？

2030年、私は26歳になります。妹のベアタは23歳。みなさんのお子さんやお孫さんも同じような年齢になるでしょう。

その年代はとても素晴らしい時期だと聞いています。まだ先に人生がたっぷり残っている年代だと。でも、私たちにとって、そんな素晴らしい時期になるのか、あまり確信が持てません。

幸せなことに、私は大きな夢を持てる、なんでも好きなものになれると、誰からも言われる時代と場所に生まれました。どこでも好きな場所で暮らせると。

私のような人々は必要以上のものを持っています。祖父母には夢見ることさえできなかったものまで。

私たちは、望んだものはなんでも手にできたはずなのです。でも、いまは何も持っていないのかもしれません。

いまはもう、未来さえないのかもしれません。

なぜなら、少数の人々が途方もないお金を儲けるために、その未来を売ってしまったからです。みなさんが、限界はない、人生は一度きりだと言うたびに、私たちの未来は盗まれていったのです。

みなさんは、私たちに嘘をつきました。私たちに誤った希望を持たせました。未来は楽しみにするものだと、私たちに教えました。何よりも悲しいのは、子どもの多くが自分を待ち受けている運命を知らないことです。わかったときにはもう手遅れでしょう。

でも、私たちはまだ幸運です。もっともひどい影響を受ける人々は、すでにその結果に苦しんでいるのですから。でも、そうした声は聞こえてきません。

マイクは入っていますか？　私の声が聞こえますか？

いまから10年252日10時間後の2030年ごろ、私たちは人間には制御できない不可逆的な連鎖反応を起こす状態に達し、私たちが知っているような文明は終わりを迎えます。それまでに、社会のあらゆる面で永久かつ前例のない変化が起きなければ。たとえば、二酸化炭素の排出量が50パーセント以上削減されるような変化です。しかもこの予測は、まだ大々的には完成していない発明、すなわち大気から莫大な量の二酸化炭素を除去できるような発明をあてにして計算されたものであることに、ご注意ください。

さらに、この計算には北極の永久凍土が急速に溶けた場合に放出される強力なメタンガスなど、予想のつかない限界点やフィードバックループが含まれていません。大気汚染で隠されている温暖化も、パリ協定で明確に示された、世界規模で必ず実施される必要がある気候正義も考慮されていないのです。

また、こうした数字がたんなる計算でしかないことも頭に入れておくべきでしょう。これは、たんなる予測でしかありません。つまり「あと戻りできない時点」の訪れは、２０３０年より少し早いかもしれないし、遅いかもしれない。誰にも確かなことはわからないのです。ただし、だいたいそのころに、そのときが訪れることは確実です。なぜなら、こうした計算は誰かの意見でもでたらめな予測でもないからです。

これらの予測は科学的事実に裏づけられ、ＩＰＣＣに参加したすべての国によって出された結論です。世界の主要国のほぼすべての科学機関が、ＩＰＣＣの研究と調査結果を全面的に支持しています。

私の話を聞いていますか？　私の英語は通じていますか？　マイクは入っていますか？　だ

んだん不安になってきました。

この半年間、私は電車や電気自動車やバスに何百時間も乗ってヨーロッパ中をめぐり、人生を大きく変える言葉を何度も何度も繰り返してきました。

でも、誰もそのことについて話さず、何も変わっていません。それどころか、二酸化炭素の排出量はいまだに増加しています。

外国で話をすると、決まってその国の気候に関する具体的な政策を書きだす手助けをしようと言われます。でも、それはたいして必要なことではありません。基本的な問題は、どこでも同じだからです。その基本的な問題とは、気候と生態系の破壊を止めるために——あるいは、遅らせるためにすら——根本的な対策が何もなされていないということです。きれいな言葉や約束はいろいろと並べられているのに。

イギリスは特別です。二酸化炭素の排出量が昔から圧倒的に多かったというだけでなく、現在もとても独創的な炭素収支となっています。

グローバル(G)カーボン(C)プロジェクト(P)［訳注：複数の研究団体が協力して、地球の環境を維持するのに必要な課題に取り組む国際プロジェクト］によれば、１９９０年以降、イギリスは二酸化炭素排出量を36パーセント削減しました。たいへん見事な成果のように思えます。

しかし、この数字には国際航空、国際船舶、そして輸出入関連の排出量が含まれていません。気候変動研究所ティンダル・マンチェスターによれば、そうした排出量が含まれると、1990年以降の削減率は約10パーセント、つまり平均すると1年間で平均0・4パーセントです。

また、排出量が削減された主な理由は気候政策の成果ではありません。EUの大気質枠組指令［訳注：大気汚染の限界、目標値を決め、それを超えた場合に削減計画の立案、実施を義務づけるもの］により、大気を汚染する古い石炭火力発電所を閉鎖し、汚染の少ないガス火力発電所に転換せざるをえなかったからです。最悪の発電所から、少しはましな発電所に換えたことで、当然ながら二酸化炭素の排出量も減ったというわけです。

でも、気候危機に関するもっとも危険な誤解は、二酸化炭素排出量の「削減」が必要だとされている点でしょう。実際には、それではまったく足りません。温暖化を1・5～2度未満に抑えるには、排出をやめなければならないのです。「排出量の削減」はもちろん必要ですが、それはあくまでも20年以内に排出をなくす急速な過程の始まりにすぎません。私が排出をなくすと言っているのはネットゼロのことであり、早急にマイナスに進むことを意味しています。つまり、現在の政策の大半は適さないということです。

排出を「なくす」ではなく「削減する」と言っているという事実が、おそらくはこれまでのビジネスを支えている最大の力となっているのでしょう。

水圧破砕（はさい）によるシェールガス採掘、北海の油田とガス田の拡大、空港の拡張、新しい炭鉱計画の許可など、新たな化石燃料の開発に対してイギリスが行なっている積極的な支援は、あまりにも馬鹿げています。

いま行なわれている無責任な行動は、人類最大のあやまちのひとつとして、歴史に記憶されることでしょう。

私も、学校ストライキに参加している数百万の若者たちも、自分たちのやっていることを誇りに思うべきだと言われます。でも、私たちが目を向ける必要があるのは二酸化炭素排出量のグラフの曲線だけです。残念ながら、その曲線はいまだに上昇しつづけています。私たちはこの曲線だけを見るべきなのです。ものごとを決定するとき、私たちは自分にこう問いかけるべきです。この決定は曲線にどんな影響を与えるだろうかと。健康や成功の度合いをはかるときも、もう経済成長のグラフを使うのではなく、温室効果ガス排出量の曲線を使うべきです。何かをするときも、十分な資金はあるのかと問うだけでなく、そのことに割く十分な炭素予算はあるのかと問うべきなのです。

それが、新たに使われる通貨の中心となるべきでしょう。

多くの人が、私たちは気候危機の解決策を何ひとつ示していないと言います。そのとおりです。

だって、どうやって私たちに解決しろと？

人類が直面した最大の危機を、あなたはどうやって「解決」するつもりですか？

戦争をどうやって「解決」するのですか？

初めて月に行くことをどうやって「解決」するのですか？

新しい発明をすることをどうやって「解決」するのですか？

気候危機は私たちが直面したなかで、もっとも簡単で、もっとも難しい問題です。もっとも簡単なのは、すべきことがわかっているから。温室効果ガスの排出をなくせばいいのです。もっとも難しいのは、現在の経済がいまだに化石燃料を燃やすことに全面的に頼っているせいで、経済成長を続けるために生態系を破壊しつづけているからです。

「それじゃあ、具体的にはどうやって〝解決〟すればいいんだい？」。あなたたちはそう質問します。気候のための学校ストライキをしている子どもたちである私たちに。

私たちはこう答えます。「誰にも確かなことはわかりません。でも、化石燃料を燃やすのをやめて、自然や、まだ破壊を把握できていない可能性がある多くのものを元に戻さなければなりません」

すると、あなたたちはこう言います。「それじゃあ、答えになっていない！」

私たちはこう答えます。「危機を危機として対処しはじめなければなりません。たとえ、すべての解決策がなくても行動しないと！」

「まだ答えになっていない」。あなたたちはそう言います。

そこで、私たちは循環型経済や自然の復元や「公正な移行」［訳注：地球温暖化対策に伴う不利益をできるだけなくそうとする考え］の必要性について話しはじめます。すると、あなたたちはもう私たちの話を理解できないのです。

必要な解決策がすべて誰にもわからないからこそ、科学の裏づけを得て力を合わせ、解決策を探っていかなければならないと、私たちは主張しているのです。

でも、あなたたちは耳を貸してくれません。

この答えは、あなたたちの大半がほとんど理解していない危機を解決するためのものだから。

あるいは、理解したくないのかもしれません。

あなたたちが科学に耳を傾けないのは、これまでの暮らし方を続けられる解決策しか興味がないからです。

そんな答えはもうありません。まだ間に合うときに行動しなかったから。

気候の崩壊を防ぐには、カテドラル・シンキングが必要です。天井をどうつくるかはっきり定まらなくても、土台を築かなければならないのです。

たんに方策を見つければいいだけのときもあるでしょう。やるべきことが決まりさえすれば、なんでもできるのです。

緊急事態だと思って行動しはじめれば、すぐさま気候と生態系の破壊は避けられると確信しています。人間にはとても順応性があるので、修正はまだ効きます。

ただし、そうできるチャンスは長く続きません。今日から始めないと。これ以上、言い訳はできません。

私たち子どもが教育を受ける機会と子ども時代とを犠牲にしているのは、これまでつくりあげてきた社会のもとで政治的に実現可能なことを考えている、と聞かされるためではありません。

私たちが街へ出ているのは、みなさんと一緒に写真を撮るためでも、みなさんに行動を称えてもらうためでもありません。

私たちは、大人の目を覚ますためにやっているのです。

互いの考えの違いを脇に置いて、危機に瀕したときのように行動してもらうために。希望と夢を取り戻すために。


マイクがきちんと入っていたことを願います。

みなさんに、私の声が残らず届いていたことを。

2019年5月28日「オーストリア世界会議」にて（ウィーン）

私はグレタ・トゥーンベリです。スウェーデンの気候活動家で、9ヵ月前から毎週金曜日、国会議事堂の前で気候のための学校ストライキをしています。

私たちは気候危機に対処する方法を変えるべきですし、気候危機という呼び方を変えて、きちんと現状に沿った呼び方にすべきです。「緊急事態」と。

今日、この場にいる方たちの多くは、現状についてだいたい理解していると思います。でも、この9ヵ月で知ったもっとも重要なことは、一般の人々が何も知らないということでした。

私たちの多くは何かよくないことが起こっていること、温室効果ガスが増えているせいで地球が温暖化していることを知っていますが、その影響についてはあまり理解していません。大多数の人が、想像以上にわかっていないのです。

でも、それは意外でもなんでもありません。

大半の人は、気温の上昇を1・5度未満に抑えるために二酸化炭素の排出をどのくらい削減しなければならないのかがわかるグラフを見たことがありません。

パリ協定の「公平性の視点」の意味も、それが重要な理由も聞かされていません。フィードバックループや限界点について、あるいは暴走温室効果とはなんなのかも教えられていません。こうした基本的な事実について、ほとんどの人が何も知らないのです。

知っているはずがありません。何も聞かされていないのですから。さらに重要なことに、私たちはこの話をするのにふさわしい人々から、何も聞いていないのです。

私たちは動物界哺乳綱霊長目ヒト科のホモ・サピエンス・サピエンスです。自然の一部であり、社会的な動物です。リーダーに引っぱられるのは本能です。

この数ヵ月間、数百万の子どもたちが気候のための学校ストライキを行ない、気候危機に多くの注目を集めました。でも、私たち子どもはリーダーではありません。残念ながら、科学者でもありません。一方、今日この場にいらっしゃるみなさんの多くは大統領や有名人や政治家や企業のCEOやジャーナリストです。一般の人々は、あなたたちの言葉なら耳を傾けます。あなたたちに影響を受けます。あなたたちに従います。だからこそ、あなたたちには重大な責任があるのです。率直に言います。あなたたちの多くは、その責任を引き受けていません。

行間を読んだり、自分勝手に情報を探したりする人々の言うことは、あてになりません。あなたたちはＩＰＣＣの最新の報告書を読み、キーリング曲線［訳注：二酸化炭素濃度が上昇していることを長期的に示した曲線］を追い、急速に減りつつある世界の炭素予算を監視する。そして、それらの結果について、私たちに繰り返し説明すべきです。どんなに気づまりで、割に合わないことだとしても。

そう、世の中が変われば、多くの利益が生まれます。しかし、どうかわかっていただきたいのです。これは新たな環境関連の仕事や、新規ビジネスや、環境にやさしい経済成長を生みだすためのチャンスではありません。これは、たんなる緊急事態どころではなく、非常に急を要する緊急事態なのです。人類が直面したなかでも最大の危機であり、フェイスブックで「いいね」をするような事態ではありません。


初めて気候と生態系の破壊について耳にしたとき、そんなことが起きているなんて、とても信じられませんでした。だって、そんなことがありえますか？　自分たちの生き残りを脅かす存続の危機に瀕しているのに、最優先すべき問題ではないなんて、絶対にありえない。

それほど重大な危機に直面しているのなら、ほかに話すことなんてないはずです。テレビをつけたら、その問題ばかり放送されているはず。テレビニュースでも、ラジオでも、新聞でも。ほかの話題など読んだり聴いたりしないはずです。

それに政治家たちは当然、すでに必要なことをしているはずではありませんか？

危機に関する会議を随時開き、各地で気候に関する非常事態宣言を発し、目が覚めているあいだはずっと問題に対処し、起こっていることについて国民に情報を発信するはずではありませんか？

でも、実際は違います。気候危機はほかの問題と同じように、あるいはそれ以下の問題のように扱われています。この問題に関する政治家の発言は、間違いなく緊急性がないように聞こえます。政治家によれば、新しい技術や簡単な解決法は無数にあり、ふさわしい使い方をすれば、すべての問題が解決できるようです。

政治家は「気候の変化は最重要課題であり、阻止するためにはなんでもします」と言いながら、次の瞬間には空港を拡張したい、新しい石炭火力発電所や高速道路を建設したいと言い、地球の反対側で開かれる会議にプライベートジェットで飛んでいきます。

危機に瀕した人のすることではありません。人間は社会的な動物であり、その事実から逃れられません。あなたたちのようなリーダーが、すべて問題なくコントロールされているように行動すると、私たち市民は緊急事態にあるのだと理解できません。

あなたたちは、具体的な個別の問題に対処する具体的な個別の解決策についてだけ話をすればいいわけではありません。私たちには全容を知る必要があります。あなたたちが、なんらかの税金を増やしたり減らしたりさせ、10~15年くらいで石炭の使用をじょじょに廃止させ、新しい建物にソーラーパネルをとりつけ、電気自動車をもっと製造すれば、この危機は「解決」できるなどと言ったら、一般の人々は、本気で努力しなくても、この危機はいくつかの政治的な改革で「解決」できると思ってしまうでしょう。

それはとても危険です。具体的な個別の解決策ではもはや十分ではないことは、あなたたちもご存じでしょう。いま私たちは、ほぼすべてのことを変える必要があります。まったく新しい考え方が必要なのです。

あなたたちはどうしても、希望と解決策が欲しいのでしょう。でも、もっとも大きな希望の源と、もっとも簡単な解決策は、あなたたちの目の前にあります。ずっと以前から。私たち市民が、もっと知ればよいのです。

人間は愚かではありません。人間が邪悪な生き物だから、すべての種が生きている生物圏や未来の生活環境をそこなっているわけでもありません。私たちは気づいていないだけなのです。きちんと理解すれば、現状を認識すれば、行動するし、変わります。人間には順応性があるのです。

だから、私たちの多くがその存在すら知らない問題の解決策を探すことばかりに夢中になるのではなく、実際に起こっている問題を人々に知らせるべきです。

私たちは、事態をコントロールできていないこと、すべての問題に対する解決策があるわけでもないことを認識すべきです。この闘いに負けつつあることを認めなければいけません。

言葉や数字をもてあそぶのはやめるべきです。

そんなことをしている時間はない。アレックス・ステッフェンが記した言葉を借りれば、「のろのろとした勝利は敗北に等しい」のです。

放置すればするほど、この状況をひっくり返すのは難しくなります。もう放置するのはやめましょう。いますぐ行動するのです。

権力を握っている人々はあまりにも長いあいだ、気候と生態系の破壊を止めるための根本的な対策を何もしてきませんでした。私たちの未来を盗み、利益のために売り払って、そのまま逃げてきました。

でも、私たち若い世代は目を覚ましつつあります。

もう、これ以上、あなたたちを逃げたままにさせないと誓います。

２０１９年５月２８日「気候サミット」にて（ウィーン）

ＩＰＣＣの最新の報告書は、２０３０年ごろまでに必要な変化を起こさないと、私たちは引き返せる時点を越えてしまい、人間にはコントロール不能な、あと戻りできない連鎖反応が起こって破滅に向かうだろうと予測しています。それを避けるには、２０２０年までに二酸化炭素の排出量を急速に減らす必要があります。

私たち子どもは科学者ではありません。でも、私たちの多くはほかの人々と異なり、科学を理解しています。なぜなら、きちんと宿題をしているから。

この問題をきちんと理解しているなら、どうして「気候変動にそれほど熱心なのか」などと私に尋ねなくてもいいはずです。

この問題を本気で意識しているなら、どうして気候のための学校ストライキをして、街中で訴えるのかと尋ねる必要などないはずです。気候危機を十分に理解しているなら、職場でストライキをして、街へ出てきて私たちの仲間に加わるはずです。言葉だけでなく、行動するはずです。

生物圏には空々しい言葉などなんの意味もないのですから。生物圏は私たちがなんと言おうが関係ありません。影響があるのは実際の行動だけです。

これは緊急事態なのです。世界のリーダーたちは、しかるべき行動を起こしていません。リーダーたちが何もしないなら、私たちが動きます。リーダーたちに行動を起こさせるためなら、どんなことでもします。

気候危機において最悪の結果を避けることは、物理的にまだ可能です。でも、残り時間は短く、いまのような暮らし方を続けるかぎり不可能です。

最悪の結果を避けられなければ、もっとも苦しむのは私たち子どもであり、未来の世代です。責任を負うべきは、私たちではありません。でも、リーダーたちが子どものようなふるまいをするのであれば、ほかに選択肢はありません。私たちは上の世代の人々に失望しました。政治のリーダーたちにも。

大人になったら、私たちは子どもたちにいま起きていることを伝えます。あなたたちは、どんなふうに記憶されたいですか？

２０３０年、私は26歳になります。２０５０年には46歳。いま未来のことを考えるとき、人々は２０５０年以降のことを考えていません。そのあとはどんなことが起きるのでしょう？政治のリーダーたちに考えられるのは、次の選挙のことだけのようです。そんなことは終わりにすべきです。

現在の権力者や責任ある企業の無策は、人類に対する犯罪として未来の人々に記憶されるに違いありません。

これまでどおりのビジネスがすべての生物に与える影響を知りながら何もしない人々は、きちんと責任を負うべきです。

私が学校ストライキを始めたのは、望んでのことではありません。注目されるためでも、おもしろいからでもありません。誰かが、何かをしなければならないから始めたのです。その誰かは私かもしれないけれど、あなたかもしれない。ひとりでも十分なことができます。ほかの誰かが何かをするのを待つ必要はありません。変化を起こすのに、小さすぎるということはありません。そんなことは忘れてしまいましょう。

ここ数ヵ月で、私たちは直接行動が有効であることを証明しました。だから、あなたたちにも行動を起こしてほしいのです。

「未来のための金曜日（フライデイズ・フォー・フューチャー）」ウイーン支部が毎週金曜日に学校ストライキをするように、私も今週の金曜日に、ここウィーンでストライキをします。金曜日に英雄広場（ヘルデンプラッツ）でお会いできますように。

私たちにはみなさんの力が必要です。一人ひとりの力が重要なのです。すべての二酸化炭素の排出が重要なように。わずか1キロが重要なように。すべてが重要なのです。

2019年5月31日「未来のための金曜日」にて（ウィーン）

ここ数ヵ月間、数百万の若者が気候のための学校ストライキをしました。ストライキは南極大陸を含むすべての大陸で、140を超える国々で行なわれました。

中国からブラジルから、ロシアから、アメリカから、イラクから、南アフリカから、インドから、メキシコから、グリーンランドから、フィリピンから、シリアから、ペルーから、ポルトガルから、ニュージーランドから、ナイジェリアから、オーストリアまで、あらゆる場所で行なわれました。先週のエルサレムでは、パレスチナとイスラエルの若者が気候のために一緒に行進したのです。

私たちは、ともに多くのことを達成しました。みなさんのうち、ひとりが欠けても達成できなかったでしょう。私たちは一緒に世界を変えているのです。

とりわけ、各地の実行委員にお礼を言いたいと思います。ストライキをする人々を集めてまとめるのはどんなに難しく、時間がかかったことでしょう。

また、多大なリスクを負いながら、いまなおストライキを続けているみなさんにも感謝します。最悪の場合、自由を脅かされる危険もあるのですから。

数百万の子どもたちが現在のリーダーたちの無策に抗議して学校ストライキをすることを決断したのなら、それは何かがとても間違っているという明らかな証拠です。実際、とても間違っているのです。

世界における二酸化炭素の排出量は依然として増加しており、緊急事態に対してはいまだに表面的な対策しか行なわれていません。だから、私たちには長期にわたってストライキを続ける覚悟が必要です。

それなのに、大部分の大人や権力者は、いまだ耳を貸そうとしません。学校に戻って勉強すれば変化を起こせるようになる、などと言うのです。卒業したころには遅すぎて、ごく小さな問題しか残っていないというのに。

大人は私たちを馬鹿にし、嘘をつき、噂を広め、私たちを脅し、誹謗中傷し、一日ひとつはフェイクや陰謀論をでっちあげます。罰金や、脅しや、落第や、勾留（こうりゅう）で、私たちを罰しています。

私たちの未来は奪われつつあり、大人たちにできることは、私たちがそれに抗議するのを許すことくらい。将来、そんな人たちはどんなふうに裁かれることでしょう。

学校に行けという大人たちに、私たちはこう言いたいと思います。それなら、自分たちでストライキをしたらどうかと。職場でストライキをすればいい。街へ出て、何かをすればいい。

私たちには、これまで以上に大人が必要なのですから。

こんな状況になったのは、私たちの落ち度ではありません。こんな危機を招いたのは、上の世代です。

権力者はあらゆる決断をくだす際に、その決断がすべての種が生きる未来の生存環境にとって、生態系にとって、私たちにとって、どんな意味を持つのか熟慮すべきです。

権力者たちは、次の選挙や次の財務報告書のことばかり考えるのをやめるべきです。勇気を出してあまり得をしない居心地の悪い立場に立ち、次の選挙で得票数を伸ばせない恐れのある決断をすべきです。自分のことばかり考えるのをやめて。

学校はあと数週間で終わりです。みんな、夏休みに入ります。でも、ここで終わりにはしません。これは始まりの始まりにすぎないのですから。

9月には、国連がニューヨークで気候サミットを開きます。また12月にはＣＯＰ25がチリのサンティアゴで開催されます。どこにいようとも、このふたつの会議には注目しなければなりません。この会議で、私たちの未来が決まるのですから。

温暖化を1・5～2度までに抑えられる可能性があるのは、来年２０２０年までに二酸化炭素排出量を急降下できた場合だけです。夏休みが終わったら、私は高校生になります。本当は高校に通いたいのです。勉強が好きだから。

でも、北米と南米で開かれるこのふたつの会議にも招待されています。私は残り時間が限られていることを考え、学校を長期間休んで、会議に出席することにしました。

やっかいなことに、会議は大西洋の反対側で行なわれます。そこまで行く列車はありません。飛行機は気候に多大な影響を与えるので、私は利用しません。ということは、かなりの難題になるでしょう。まだどうやって行くか考えていませんが……。

それでも、なんとかして到着できると信じています。私たち全員が不可能なことをしなければならないのです。学校ストライキは来年も、その次の年も続きます。

世界中がパリ協定を遵守（じゅんしゅ）するまで、私たちは毎週金曜日に抗議をして、自分たちの意志を主張しつづけます。そして大人たちにも参加するよう呼びかけます。

私たちには、全員の力が必要なのです。

みなさんも私たちとともに行動していただけますか？

一緒にやりつづけましょう。

◉写真クレジット
P1, p3, p307, p308 : Anders Hellberg
p7, p53, 163 : TT News Agency/時事通信フォト
P121, p243 : 時事

グレタ　たったひとりのストライキ

2019年10月7日　初版第1刷発行
2020年3月4日　第7刷発行

著者
マレーナ&ベアタ・エルンマン
グレタ&スヴァンテ・トゥーンベリ

訳者
羽根 由（はね ゆかり）
寺尾まち子（てらお まちこ）（p257-258／p274-305）

編集協力
藤井久美子

装幀
Y&y

印刷
中央精版印刷株式会社

発行所
有限会社 海と月社
〒180-0003　東京都武蔵野市吉祥寺南町2-25-14-105
電話0422-26-9031　FAX0422-26-9032
http://www.umitotsuki.co.jp

定価はカバーに表示してあります。
乱丁本・落丁本はお取り替えいたします。

ISBN978-4-903212-68-5

弊社刊行物等の最新情報は以下で随時お知らせしています。
ツイッター　@umitotsuki
フェイスブック　www.facebook.com/umitotsuki
インスタグラム　@umitotsukisha

SKOLSTREJK
FÖR

SKOLS
FÖ